文春文庫

走る?

東山彰良
中田永一・柴崎友香ほか

文藝春秋

走る？

目次

走る？

パン、買ってこい

中田永一

中田永一（なかた・えいいち）

一九七八年、福岡県生まれ。二〇〇八年に『百瀬、こっちを向いて。』でデビュー。著書に『吉祥寺の朝日奈くん』『くちびるに歌を』『私は存在が空気』、中村航との共著『僕は小説が書けない』、乙一・山白朝子・越前魔太郎とのアンソロジー『メアリー・スーを殺して 幻夢コレクション』などがある。

1

「おい、秋永、ちょっとこい」

昼休みに教室でクラスメイトの入間君に呼び止められたとき、僕は無抵抗にしたがった。いつかこういう日が来るだろうと予測していた。入間君はいわゆる不良だ。髪は黄色に染めている。制服からは煙草の臭いがする。逆らってはいけない人物だ。

何をされるのかとおびえながら入間君についていく。教室を出るとき、話したこともないクラスメイトたちが、あわれみの視線をちらりとむけてきた。入間君はポケットに両手をつっこんで、だるそうにあるきながら言った。

「おまえちょっとパン買ってこい。なんでもいいからよ。体育館の裏にいっから。五分以内だぞ。おくれたらぶっ殺すからな」

これは、つまり、使いっ走りをやれという意味だろうか。いわゆるパシリ。強者が弱者に対して、半ば強制的にお使いをやらせるという類いのパワーハラスメントだ。僕はそれを申しつけられたのだ。

パンは購買で売っている。教室と購買、そして体育館裏の位置関係を頭に描いてみた。購買だけ離れた位置にある。だれかをパシらせたくなる気持ちはすこしわかった。

「さっさと行けよグズ」

入間君は虫けらを見るような目で僕を見る。威圧感に身がすくんだ。ともかく僕は購買にむかって走り出した。五分以内という時間制限を守るには全力疾走しなくてはならなかった。

目をつけられたのは、気弱そうな雰囲気が原因だろうか。僕は体がちいさい。高校生の集団にまじっていると、まわりは背の高い人たちばかりなので、いつも心細い気持ちになってしまう。何かに秀でていれば、自信につながって、堂々としていられるのだろう。だけど僕には、人にほこれるものがない。教室で息を殺すようにしながら暮らしている。

体育の授業以外で走ったことなんかない。すぐに息があがってしまう。脇腹が痛くなり、廊下の壁に手をついてよろめきながら移動する。階段をおりて校舎一階の奥まった位置にむかう。自販機の並んでいるスペースがあり、そのとなりに購買の入り口がある。ガラス製の引き戸だ。

購買はちいさめのコンビニエンスストアをおもわせる空間だった。棚に文房具やお菓子が陳列されている。お昼時には弁当やサンドイッチ、おにぎりの類いが山盛り用意された。食堂を利用せず、弁当持参でもない生徒は、ここで昼食を購入するのが一般的だ。入間君はパンを買ってこいと言った。さて、どれを買おう。パン売り場で頭をなやませる。なんでもいいからよ、などと彼は言ったが、むしろ商品を限定してほしかった。

購買のパンには二種類あった。ひとつはコンビニエンスストアで売られているような商品。工場で製造され、透明な袋でしっかりとパッケージされている。もうひとつは高校の提携している業者がつくったパン。こちらはコッペパンに焼きそばや玉子サラダなどをはさみ、ラップで包装がされている。

はたしてどれが正解だろう？　入間君の顔をおもいだし、コロッケパンを手に取る。保険としてメロンパンも買うことにした。ついでに飲み物もあったほうがいいだろう。買ってこいとは言われていないが念のためだ。

レジで精算して体育館裏へとむかう。息も絶え絶えに体育館をぐるりとまわりこむ。普段なら生徒の立ち入らないような場所に入間君がいた。おそろしい顔つきの先輩方といっしょに中腰になって喫煙している。おそるおそるちかづくと会話がぴたりとやんで、ねめつけるような視線がむけられた。みんなまるで人殺しみたいな目だ。

「あのう、これ……」

萎縮しながらパンと飲み物の入った袋をさしだす。入間君は袋の中を確認すると、つまらなそうにポケットから五百円玉を出して僕にほうりなげた。地面にころがった硬貨を回収する。購入代金よりもおおかったので、財布からお釣りを出そうとしたら入間君が言った。

「いらねえ、もうどっか行け」

しっしっ、と手をうごかす。しかし翌日も、その翌日も、僕は入間君に呼び止められ、パンを買いに行かされることになる。

2

「秋永、パン、買ってこい」

入間君の命令はいつもそれだけだ。購買には、からあげ弁当やシーチキンおにぎりも売っているのに、いつもパンだ。買ってきたものが、パンでありさえすれば、それでいいらしい。クリームパンだったとしても、チョココロネだったとしても、僕は無事に解放された。

奇妙なことだが、悔しいとはおもわなかった。むしろここで自分の有用性を見せつけることで、暴力の対象から除外されるのではないかという打算がはたらいた。腰巾着になることでいじめられないようにする作戦だ。購買まで全力疾走しなくてはならなかったが、それも苦ではなくなった。毎日つづけていたせいだろう。教室から購買までの距離を一度も休まず、スピードを落とすことなく、移動できるようになった。僕はそのことにおどろく。運動能力というものは持って生まれたものだとおもいこんでいたのだが、そうではなかったらしい。

廊下を駆け抜けて、階段を飛ばし気味におりる。曲がり角をきゅっと曲がり、生徒たちの間をすり抜ける。以前よりも足がスムーズにうごいた。体が軽い。反復することにより走る力というのは向上するのかもしれない。

彼はいつも五百円を放り投げてくる。だからその金額の範囲でパンと飲み物を選択しなくてはならない。購入代金が五百円よりもおおかったとしても、請求はしなかった。おつりを渡していなかったので、その分と相殺だろう。

購買のパンと飲み物の金額をすべておぼえてしまった。どの組みあわせで五百円前後になるのかが一瞬で判断できる。しかしそれはかんたんなことだ。真にむずかしく、パシリのセンスが問われるのは、「今日はどのパンを買うのが正解なのか？」という命題に他ならない。

パンでありさえすればいい。入間君を見ていると、そうおもえてくる。しかしそれで良いのだろうか。すくなくとも僕だったら、毎日、おなじパンでは飽きてしまう。気を利かせて一日ごとに異なる種類のパンを買った。育ち盛りなので一個で満腹になるということはないはずだ。複数個、購入する。甘い菓子パンばかりに偏ることなく、総菜パンばかりに偏ることなく、栄養のバランスも考慮しながらパシる。

だが、それさえも最適解ではない。僕はリサーチをおこなった。だれが、どんなパンを買って行くのかを研究しはじめる。有用性を見せつけたかった。購買のパンの棚が見える位置に陣取って人々を観察する。やがて意外な事実が判明した。おおくの生徒が、前日とおなじ商品を手に取っていたのだ。一週間、毎日、カレーパンばかりを買っていった生徒もいる。人には人の、好きなパンがある。毎日、いつも、それだけを食べていたいものなのだ。そのことに気付かされる。もしかしたら入間君もおなじように感じているのかもしれない。特定の商品ばかりをいつも買ってきてほしかったりするのだろうか。

そこで僕は、彼がパンをほおばる様子を遠くから観察することにした。パシリをすませた後、帰るふりをして草むらにひそみ、双眼鏡をかまえて体育館裏に目をむける。入間君が不良の先輩方と話をしながらパンを開封し、食べ終えるまでの時間を計測し、表情の変化をメモした。パンの好みをしりたかったのだ。菓子パンと総菜パン、どちらを食べるときに表情がやわらかくなるだろう。

「おい秋永、おまえ何してんだ、ぶっ殺すぞ」

しかしある日、草むらにひそんでいるところを入間君に見つかってしまう。

「見てたんだ、入間君を……。つまり、その、パンの好みをしろうとおもって……」

しどろもどろになりながら弁解した。理由を説明していると、気持ち悪そうな顔をされる。いつもみたいに、しっしっ、と手で追いはらわれた。

「今回はゆるしてやる。もうどっか行け」

「ちょっと待って！　あの、おしえてほしいんだ！　パンの好みを！　どんなパンを買ってきてほしいのかを！」

地面に膝をついて僕は問いかける。入間君は舌打ちすると、背中をむけて言った。

「パンなら、なんでもいい。だが、そうだな。しいて言うなら、焼きたてにまさるものはない」

焼きたて？　想像もしていない回答だった。しかし言われてみればたしかにその通りだ。焼きたてのパンのおいしさは格別だ。でも、どうしろと言うのだ。購買で売られているパンはどれも作られて時間が経過している。彼はわざと不可能なことを言って僕を絶望させているのにちがいない。くそっ！　くやしくなって拳を地面にたたきつけた。

しかし僕の胸に、ふつふつと闘志がわき上がる。

3

体がちいさいため小中学校では、からかいの対象になることがおおかった。クラスの中心にいるのはいつも、サッカー部やバスケットボール部や野球部などの運動ができる奴らだ。機敏にうごくことができて、足のはやい人たちのことを、うらやましいとおもったことはない。彼らは別次元の存在で、自分とは種族が異なるのだ。彼らは僕のことを、自分よりも劣った人間だと見なしており、言動からそのことが伝わってきたけれど、事実なのだから仕方ないとおもいこんでいた。そんな僕がジョギングをはじめて体力作りをするようになったのだから人生というものはわからない。

学校から帰宅するとトレーニングウェアに着替えた。夕日で赤色に染まる土手を、くたくたになるまで走った。その時間、犬の散歩をしている人がたくさんいる。遠くの鉄橋を電車が通過する。空が広くて心地いい。

ジョギングをはじめたのには理由がある。駅前においしいと評判のパン屋があった。特に焼きたてパンは格別だ。もしもそれをパシってくることができれば、かならずや入間君を満足させることだろう。問題は学校から店までの距離だ。五分間ではもどってこられない。二十分はひつようだ。自転車をつかってはどうだろう。いや、学校と店の間に急な斜面があり、階段になっている箇所がある。徒歩移動であれば階段を通過できるが、自転車であれば遠回りしなくてはならない。

走るのが一番いい。行き帰りに二十分かかる距離を、走り込みによって、できるだけ短縮するのだ。すこしでも早く、行って、もどってくる。それでもオーバーしてしまう時間は秘策をつかうしかない。午前中最後の授業を、腹痛を装って早めに退席するのだ。トイレに行くふりをしながら、そのまま校舎を出て駅前にむかう。

学校帰りに地図をながめながら、校舎から店までの道のりをあるいてみた。どの道を行くのが最短経路だろうか。頭をなやませながら何度も行き来をする。駅前で焼きたてパンを入手する作戦については、入間君にも情報をもらさなかった。準備が整うまでは、それまで通りに購買でパンを買う。しかし走り込みの成果は確実にあった。

「秋永、パン、買ってこい」

教室で命令を受けて僕は飛び出す。購買でパンを購入し、体育館の裏手にむかう。しかし到着してもまだ入間君はいなかった。一分後にようやく彼は現れる。僕の足が速くなり、ルートの最適化がおこなわれた結果、ついに入間君を追い抜いてしまったのである。

「はえーな」

入間君は言った。黄色にそめた頭をかきながら、いまいましそうに唾を吐く。

「全盛期の俺ほどじゃねえけどな」

クラスメイトの噂話によると、彼は中学時代、陸上部だったらしい。県大会にも出場したほどの実力だ。しかし怪我をして走ることをあきらめ、髪の色を染めて不良になった。素行のわるくなった彼の周囲から友人たちは離れていったという。怪我をしていなかったら今も陸上を続けていたのだろうか。ジョギングの最中に見た、夕日の土手や、遠くの陸橋を行く電車をおもいだしながら、以前は彼も、そういう景色と空の色を見ていたのだろうかとかんがえる。彼にとってのうしなわれた光景を、今は僕が見ているのかもしれない。


「おい、秋永、ちょっとこい」

放課後、廊下で僕を呼び止めたのは、入間君ではなかった。担任教師が手招きしている。職員室で担任教師と話をすることになった。

「最近、おまえがいじめを受けているという話があるんだ」

「いじめはありませんよ、だいじょうぶです」

「正直に言っていいんだぞ。こわがらなくてもいい。入間がおまえに、使いっ走りを強要しているところ、みんなが見てるんだ」

「ちょっとしたお願いをされてるだけです」

「強がりを言うな。秋永、つらいときは、だれかに助けを求めたっていいんだぞ」

「だいじょうぶですから」

教師には僕が、心を開こうとしない生徒に見えただろう。やがてあきらめたように担任教師はため息をついて僕は解放される。しかし僕のしらないところで、この案件は見過ごすことのできないものとして扱われていたようだ。

4

昼休みに入間君が僕を素通りするようになった。僕は彼を呼び止める。

「あの、パンは……？　パンを、買ってこなくても、いいのかい……？」

「うっせえ。もう話しかけてくんな」

舌打ちして入間君はさっさと行ってしまう。その後、耳にした噂によると、教師が入間君に忠告しに行ったらしい。使いっ走りの強要がおこなわれた場合、あるいはそう疑われる行為が目撃された場合、厳重に罰すると。

入間君はもうだれかにパシリをやらせるつもりがないようだ。僕はもう購買まで全力疾走するひつようなく、以前とおなじように平穏にすごすことができるのだ。グループをつくってお弁当を食べているクラスメイトを横目で見ながら、僕はひとり、机にほおづえをついて昼休みをすごすようになった。

足が落ちつかなかった。パシリの日々のせいだ。僕の足はこの時間になると、勝手にうごきだそうとする。何日か平穏な昼休みを過ごした後、辛抱できなくなって体育館裏へむかった。

時計を確認する。昼休みはのこり十分ほどだ。体育館裏手に入間君と不良の先輩たちがいた。入間君はゼリー飲料の銀色のパックをくわえている。彼にむかって話しかける。

「今からちょっと、パン、買ってくるけど」

「失せろ」

「僕が買うんだ。僕が自分の分を。だけどもしよかったら、それをわけてあげてもいい。焼きたてのパンをね」

入間君は僕にむかってゼリー飲料のパックを投げつけようとしていたが、話を最後まで聞いて、うごきをとめた。僕は彼に背中を見せて、走り出した。以前から計画していたことを、僕はその日、実行に移したのだ。昼休みがのこり十分ほどしかないというのに。無謀なのはわかっていたけれど。

校門をダッシュで通過する。ランニングシューズのグリップ力は上々だ。走るようになって靴を買い換えた。軽量タイプのものだからゴムの厚みはそれほどではない。衝撃の吸収力も期待できない。そのかわり、まるで裸足のようだ。

アスファルトの地面を蹴る。曲がり角を、ぎゅん、と曲がった。スタート直後は苦しかった呼吸も、しばらくすると楽になる。筋肉が眠りから覚めた。体が軽くなったような気がする。

前方、横断歩道の信号が赤だ。車が行き交っている。道路沿いに進んで別の横断歩道を渡るルートに変更した。状況に応じて最適な経路を選択する。自転車さえ通れない塀と塀の隙間を通り抜けてショートカットする。公園の茂みをジャンプで飛びこえ、階段を駆け上がる。

駅前がちかくなってきた。多少の遠回りになったが、通行人のすくない路地を選ぶ。違法に駐輪された自転車を飛びこえた。

走る、走る、走る。やがて、パン屋の看板が視界に入った。到着して店内に入る。深呼吸すると香ばしいパンのにおいがした。お昼休み中のＯＬさんが何人かいた。高校の校舎とは異質の空間だ。放課後にリサーチをかねて店に足をはこんでいたので怖じ気づきはしない。流れるような動作でトレイをつかんで焼きたてのパンを載せる。この時間に焼きあがるパンの種類も頭に入っている。それらを一個ずつ購入する。レジでお金を支払う間に時間を確認。すでに昼休みがおわろうとしていた。

袋に入れられた焼きたてパンは、あたたかかった。胸に抱いてはしると、ほかほかとした熱がつたわってくる。地面を踏みしめ、筋肉をふりしぼり、体を前へと押し出す。前へ、前へ。空気の壁に突入。空気は風となって肌の表面をなでる。前方にあった景色は後方へと過ぎ去り、また新しい景色が僕のむかう先から現れる。訓練のおかげで足がうごいた。脳が命令を発するまでもなく、まるで足が自由意志を持ったように。このままスピードをあげれば空に飛んでいけるかもしれないとさえ感じられるほどに。

パシリの強要はいけないことだ。それはまちがいない。入間君がどのような理由で僕を購買に走らせたのかわからないが。だけど、感謝してもいる。僕にはきっかけがひつようだったのかもしれない。それがなければ、一生、しらなかったかもしれない。反復によって体がスムーズにうごくようになるということを。昨日よりも今日、今日よりも明日、すこしずつ成長できるということを。その機会がだれにでもひとしくあたえられているのだということを。僕は教室でうつむいて過ごさなくても良かったのだということを。体つきや生まれつきの能力なんて些細なものだ。それにくらべたら、自らの意思で何かをはじめようと立ち上がり、同じ事をつづけて身につけた力の何と偉大なことか。

校門にたどりついたとき、午後の授業がはじまっていた。真面目な生徒だったらもう体育館裏にはいないだろう。しかし入間君は真面目な生徒ではなかった。体育館裏に駆けこみ、靴のグリップ力を信じて急停止する。ズザァー、と砂煙をあげて僕の体は止まった。入間君と、そして不良の先輩方が中腰状態でそこにいた。彼らは僕を見ると「おー」と声をあげた。

「これ、パンです……。僕の、ですけど……。だけど、みなさん、に、わけて、あげても……」

息がみだれて声が出ない。焼きたてのパンをみんなでわけあって食べた。ぱりっとした表面の食感と、熱を保った状態のしっとりした内側のもちもち感に、入間君と不良の先輩方は満足そうだった。僕は体育館の壁に寄りかかって地面にすわる。

「おい、これ」

入間君が五百円玉を僕にむかって投げてくる。放物線を描いて飛んできた銀色の硬貨をキャッチして、僕はすぐさま彼にむかって投げ返す。

「いらない、ありがとう、入間君」

授業が終わるまでそこにいた。焼きたてパンがすっかり胃の中に消えると、香ばしいにおいは消えて、かわりに体育館裏の地面のにおいがした。チャイムが鳴って、僕は立ち上がる。二本の足をうごかして、教室へむかった。

ベランダと道路

柴崎友香

柴崎友香（しばさき・ともか）
一九七三年、大阪府生まれ。九九年、後に『きょうのできごと』に収録される「レッド、イエロー、オレンジ、オレンジ、ブルー」でデビュー。『その街の今は』で芸術選奨文部科学大臣新人賞を含む三賞、『寝ても覚めても』で野間文芸新人賞、『春の庭』で芥川賞を受賞。他に『パノララ』など。

また走っている。

何人目だろう。

何の苦もないような一定の足取りで、かといって楽しくて仕方がないという表情でもなくて、ただ一定の速さを保って走っていく。

三階のベランダから、青いウインドブレーカーの男子学生を目で追った。背中にロゴなどはなく、なんの部活かはわからないが、近くの大学の運動部だということはわかる。夕方五時を過ぎてここを通る、あれくらいの年頃の子たちはみんなそうだ。あの色のウインドブレーカーは何度か見たことがあるから、おそろいなのだろう。どこかにマークぐらい入っているかもしれないが、ここからは見えない。顔も、よくは見えない。走っている、と思うだけだ。

今日もまた、走っている人がいる、と。

そろそろ長居するには寒くなり始めたベランダで、わたしはなにをしているのかというと、植物に水をやっている。ベランダをいっぱいに埋めている大小の鉢たち。南欧風のテラコッタの鉢も発泡スチロールのトロ箱に植わったものもある。部屋の中にも、十五はある。

植物に特別関心があるわけではないから、名前はわからない。葉の縁がなみなみになっているのや、しゅっと長く伸びたのや、太めの幹のわりに頼りない小さな葉がついているのや、いろいろある。蔓が上に伸びているのや、下に垂れ下がっているのも。家に来た人の中には親切に、これはナントカだね、ナントカにしてはよく育ってるね、などと名前を教えてくれる人もあるが、観葉植物の名前は何語なのかわからない奇妙な響きのものが多くて、間違えたり忘れたり、とにかく覚えられない。

しかし、わたしが名前を知らないことは、この植物たちの成長には何の関係もない。うっかり水やりを忘れて家を空けて、しなしなにしおれた植物たちにもう二度としませんからと謝り倒すようなときにも、水をたっぷりやって、一時間もすれば、ふたたびぴんとうそみたいに元に戻っているし、しばらく放置していた時間にも成長していて、その葉の先はもっと遠くを目指している（水をやり忘れて本当にだめになったのは一度だけ）。

この葉や茎の中は、水か、それに近いぶよぶよしたものが詰まっているんだろうな、とわたしはホースで水をかけながら、思う。水を吸い上げると、中身の水やぶよぶよがいっぱいに満たされて、こんなに薄っぺらい葉っぱがぴんと伸びる。

柵際に置いてある黄色い鉢の細長い葉を触りながら、下の道路に視線を移す。

今度は、黒いTシャツの女の人が走っている。学生ではない。白いキャップをかぶっていて顔は見えないが、わたしとそう変わらない年齢だと推測した。

た、た、た、た、た、た……。

女の人が走るのに合わせて、なんとなくつぶやいてみる。た、た、た、た、た……。

つぶやきながら、今度はうっすらと産毛の生えた柔らかい葉を触ってみる。

植物たちは、前の同居人が置いていったものだ。

枯れたわけでもないのに捨てるのも忍びなく、引っ越し業者に面倒がられながらも、この新居にも全部持って来てしまった。

新居、といっても引っ越してもう一年近い。前の部屋から二駅都心寄り、築四十年の鉄筋コンクリート、エレベーターなしの三階。ベランダの柵は色は白いけど鉄格子みたいな形状だから、下の道路がよく見える。ここは大きな公園と大学のちょうど中間に位置していて、前の道路は道幅がある割に車は少なくまっすぐだから、ランニングのコースになっているらしい。

いちばん多く見かけるのは、その大学の学生たち、ならびに附属高校の生徒たち。運動部のウォーミングアップは夕方、わたしがたまに早起きしたときには朝練らしき子たちも見ることができる。

夜は、最新のウェアで固めた若い女の子もいるし、年齢に抗うぞ、と宣言を振りまいているようなおじさんもいる。飼い犬に引っ張られて走っている人も。ランニングがブームとかよく聞くが、ほんとにこんなにいるのか、と単純に感心した。

ベランダの柵に寄りかかって彼らをしばらく眺めていても、こちらを見上げる人は誰もいない。

「走ってみたりして」

ここに住み始めて以来、何度か思い、独り言でつぶやいてみたことさえあるが、実行したことはない。

植物たちに水をやり終え、夕食の買い出しに出るため階段を下りようとすると、大腿部がきゅっと縮むような痛みがあった。なんだっけ、と記憶をたぐる。昨日、なにかしたっけ。しばらくたぐり寄せて、ようやく、電車のドアが目の前で閉まった光景が浮かんだ。

わたしは、走らない。

より正確に言うと、走るのは、電車やバスに乗り遅れそうなときだけ。昨日は駅の手前から走ったが、長い階段を上ってホームまであと少しというところで足が上がらなくなって間に合わず、結局約束に四分遅刻したのだった。たったそれだけのことでこんなに筋肉痛になるほど、走っていないということだ。

子供のころから、体を動かすこと全般が苦手だった。理由がある。二歳から喘息があって、走ると苦しかったからだ。公園で鬼ごっこをしただけで呼吸がしにくくなって、みんなみたいに遊べなかった。

小学校で体育の時間にも、途中で休むことが多かった。他の人は苦しくないのか、それとも同じように苦しくてただわたしが弱いだけなのかも、と考えてしまって、その時間が嫌いだった。

中学に入るころには、発作はほとんどなくなった。走ってもそんなに苦しくはならなくなったが、走り慣れない体と苦手だという意識は残って、その行為からは縁遠いまま現在に至る。現在、三十歳をちょっと過ぎたところ。


前の同居人が、と植物のことを説明するときに言うと、たいていの人は別れた恋人だと思うようだ。でも、違う。ほんとうにただの同居人、というか、居候だった。

元同居人は、中学の同級生だった。その中学から何百キロメートルも離れたこの大きな街で十年ぶりに偶然会うなんて、男女だったら恋に落ちるかもしれない状況だったが、女同士だし、そもそも同居人は生まれてこのかた恋愛なんてしたことがなく興味もない、という性格だった。

恋愛だけでなく、なんに関しても「意欲」というものがまったく感じられないのだった。定職には就かないし、不定期に出かけていくアルバイトもなんだかよくわからない。家事も、気まぐれにやったりやらなかったり。昼まで寝ているうえに、たびたび夜中に酔っ払ってかえってくるという始末だったが、なぜほとんど家賃ももらわずに同居していたかというと、四年前のその当時、わたしは失恋したばかりでさびしかったし、古いアパートで広さはあったし、まだ会社勤めをしていて夜遅く帰ってきたときに誰もいないよりいいかな、と思ったからだった。その話を会社の人にしたら、猫を飼うようなもんだね、と言われた。

自分の食事のことぐらいは自分でやって、掃除なんかもしてくれたので猫よりは役に立った。それから、猫と違ったところは、同居していた一年のあいだに、部屋を植物だらけにしてしまったことだ。誰かにもらったとか引き取ったとか言っては、一つずつ運び込み、いちばん多いときには小さいのも数えると百近い鉢があった。

彼女には、もう一つ、妙なところがあった。

毎日必ず、走りに行くこと。

夕方、決まってきっかり六時にでかけ、ちょうど一時間で帰ってくるのだった。

なにごとも、「ぐうたら」なんていう言葉が今どきぴったりくるような元同居人が、なぜそれだけは真面目にやり通しているのか、不思議で仕方なかった。しかも、走っているところを見ると、とっても遅いのだった。そんなの走るっていうの、と問いたくなるほど、ゆっくりだった。植物を持ち込んでくることより、彼女が走ることのほうが、わたしには奇妙に思えた。

今住んでいる部屋から公園へ向かって歩いていると、背後に走ってくる人の気配があった。それはすぐに近づいて、並んで、わたしを追い越していった。追い抜かされる一瞬、すぐそばで呼吸が聞こえ、そのとき、わたしは約十五年前のことを思い出した。

中学三年のとき、体育の授業でふた月ほど持久走をやった。週二回のその授業の度に、一キロ走って、タイムを計る。クラスの中で速い子は、三分台の記録を出して、同級生たちの感嘆の声を浴びていた。

初めて走ったときのわたしのタイムは、その倍近かった。住宅密集地の中の狭い学校だったから、校庭をいっぱい使っても二百メートルのトラックが取れず、一周百八十メートルと中途半端な距離だった。だから千メートル走るには、五周半と少し。それだけ走るあいだに、わたしは一周先に走ってきたいちばん速い子に抜かされ、その子が調子がいいときだと二周抜かされたこともあった。たった五周半のあいだに！

元同居人は、その授業のときどうしていたかというと、さぼっていた。走るところなんて、見たことがなかった。

ベランダの葉が、また伸びている。

部屋の中が薄暗くなってきた。このままジャングルみたいに、東南アジアの遺跡みたいに、植物に支配されてしまうのかもしれない。

友人夫婦が遊びに来た。友人の夫は、園芸好きだそうで、植物たちをじっくり見て、名前や手入れの仕方を解説してくれた。

「花が終わったところでちゃんと剪定しないと、次のシーズンに咲かないよ」

「花？　これって、花咲くんですか？」

元同居人が確か潰れた飲食店からもらってきたその鉢は、分厚い楕円の葉だった。

「最初にうちに来たときから花なんて見たことないから、知らなかったです」

「その同居人だった人は、今どうしてるの」

「知り合いが沖縄で宿だか飲食店だかをやるから、それを手伝いに行くって」

「なんだか思いっきり無謀なパターンだね、それ」

友人夫婦は、顔を見合わせて笑った。元同居人からは、一年前に短いメールが来たきりだ。同居するまでは仲のいい友達でも何でもなかったから、そんなものかなと思う。ルームシェア経験者の友人に、親友みたいな人じゃなくて知り合い程度の人と空間を共同使用してるってぐらいのほうがうまくいくよ、と聞いていたが、確かに元同居人はただ部屋にいる感じで、もめるようなこともなかった。

「沖縄なんて、合ってるっていうか、合いすぎっていうか、暑さで溶けて形がなくなっちゃってるんじゃないかと」

沖縄でも、元同居人は走っているんだろうか。

友人の夫は、ビールをおいしそうに飲みながら言った。

「かえっていきいきしてるんじゃない？　人間には合ってる場所と、そうじゃない場所ってあると思うし」

わたしは、この街に暮らしてもう十五年近い。生まれ育った街にいた時間より、この街での時間のほうがじきに長くなる。自分に合っている場所があるとして、それがどちらなのか、それともどちらでもなくてもっと他にあるのにまだ知らないだけなのか、わからない。


夜になって、わたしはベランダに出た。

真下の道路を、走って行く人がいる。男の人。しばらくして、女の人。

た、た、た、た、た、た……。

こうして上から眺めているだけだと、なめらかに、軽くて、自分が走っているときのような重さも、苦しさもない。他人の体が感じていることは、わたしは感じることができない。

前日に水をやった植物たちは、ひんやりと冷たい空気を作り出している。しおれても水さえやればしっかり元気になることがほとんどだが、水をやりすぎたときのほうが始末が悪い。同居人がまだいるころにも、わたしは何度か失敗した。彼女が植物たちをほったらかしにしているように思えたので、ときどき水をやった。部屋の中やベランダでも日陰になるところに置いてあるのにも、日向の水をよく吸う植物と同じようにどぼどぼ水をかけていたら、葉が端のほうから茶色くなってきて、茎から落ちた。根ぐされ、というのだそうだ。

水を与えすぎて根っこが腐ってしまう。一度この状態になると、鉢から出して、じとじとになった土を取り除いて、乾かして、それでももう元には戻らないことが多かった。名前や分類に興味はなくても、同居している生き物としての情はあって、気に入っていたまるい大きな葉の木がだめになってしまったときはしばらく落ち込んだし、もうだめだとあきらめていた鉢から若緑色の新芽が出てきたのを見つけたときは、涙が出るほどうれしかった。

「人間も、過保護のほうがタチが悪いってことなのかなー」

同居していたころにわたしが言うと、畳に寝っ転がって漫画を読んでいた元同居人は言った。

「そうやってなんでもすぐ人間のことにするの、つまらない。植物は植物で、人間と関係ないからいい」

その声には、めずらしく抗議の調子が含まれていた。

「なんでも人間みたいだったら、おもしろくない」

「そうか」

と、わたしはどうとでも取れる相づちを返した。

一度だけ、聞いてみたことがある。

「なんで、走ってるの」

「家に入るときとか、お風呂入るときとか、右足から入るか左足から入るか、決まってる？」

「別に……。あー、お風呂は、右かな」

「逆だと、なんか一日気持ち悪くない？」

「言われてみれば、そんなような気もしなくはないけど」

「そういう感じ。なにか同じことをして、枠みたいなのがないと崩れるっていうか」

よくわからなかった。

一か所にとどまって変化し続ける植物と、移動しながら同じことを繰り返す走るという行為。

彼女が置いていった相反する二つのことが、わたしは今も気になり続けている。

走ってみたりして。ときどき、わたしはつぶやく。

締め切りを過ぎてしまってめずらしく朝まで仕事をした。なにか食べてから寝ようと思ったら、冷蔵庫には牛乳しかなかった。とりあえずそれを飲んで、五百円玉だけ持って、外へ出た。ちょうど通勤ラッシュが始まりかける時間で、駅が近づくと何人かがスーツ姿で走っている。乗り遅れそうなときのわたしと同じように不格好に。うしろからは、朝練の女子学生が走ってきた。

今だったら、いいかも。

急に、思った。電車に乗り遅れるから、って感じで。ついでに、って感じで。

そしてわたしはコンビニじゃなくて駅まで走って、入口で止まらないで高架下を抜けて、それからも走った。

わたしのスピードは、遅いだろう。人から見たら、元同居人に負けず劣らず、走っているのか歩いているのかわからない中途半端な進み方に違いない。だけど、「歩く」と「走る」のあいだにこんなに隔たりがあることを、わたしは、今、知った。

いつも散歩する道を、走る。普段はゆっくり見て歩く家や木々が次々近づいて遠ざかる。五分ほどいくと、うしろからざくざくざくと複数の足音が聞こえてきて、それから周りを緑色のジャージの高校生たちに囲まれ、そして追い抜かされた。

中学の体育の授業で、どんどん追い抜かされていったときのことが、はっきりとよみがえってくる。背中に近づいてきた呼吸と体温の塊が、コーナーのところでわたしの肩先をかすめて、どんどんと遠ざかっていく。硬い砂で足が少し滑る。どうやったらあんなに速く走れるんだろう、と思う。わたしはあんなふうには走れないだろう、と思う。

周回遅れ、たまに二周遅れなのは、最初はいやだとか恥ずかしいとか思っていたが、五回目ぐらいから気にならなくなった。というよりも、気にしても仕方がないと思った。自分の足音だけを聞いた。みんながとっくにゴールしたあと、た、た、た、た、た、と心の中でつぶやきながら、自分の足が地面を蹴る感触だけを頼りにしていた。

元同居人、その時は同級生だった彼女は、グラウンドの隅の大きな木の根元に座っていた。白線で描かれたトラックの上を回り続けるわたしたちを、眺めていた。

四年前、「いつから走ってるの」とわたしが聞いたら、元同居人は「だいぶ前」と答えた。

「枠みたいなのがないと崩れるっていうか」

同居人の声に、ベランダの植物たちが重なって、不意に、細胞壁、という言葉が頭に浮かんだ。ぶよぶよした水みたいな中身を、形にして保つ枠。

生物の教科書に載っていた図を頭に思い浮かべる。セルロース。だけど、細胞のことなんて受験のとき以来勉強したことがないからほとんど忘れているし、科学は新しい発見があってわたしが習ったころとは変わっているかもしれないから、いい加減な知識だと思う。それに、細胞壁みたいなのを作ってるの？　と聞いたりしたら、元同居人は言うだろう。なにそれ？　わたしは植物じゃないし、そうやってなんでも人間のたとえに使うのってつまらない、と。ちょっと不機嫌に。

わたしを、ハトが追い抜いた。カラスが追い抜いた。自動車はいうまでもなく、さっきから何度も通り過ぎていく。それでも、風景は、いつも見ているよりずっと速かった。散歩し慣れた場所なのに、まるで距離の感覚が違った。小学校脇のY字路があって、どっちに進もうと決める間もなく近づいて、左に進んで、そこからは初めて見る場所だった。

足は重いし、呼吸もやっぱり苦しいが、もう少し行ってみようと思った。止まったらもう走らなそうだからもう少し、もう少し、と、でたらめに角を曲がりながら思うあいだも、両側の家は移り変わっていって、そして初めて見る小さな公園に出た。

その前で、わたしは足を止めた。もう限界だった。たぶん、走り出して十分ちょっとしか経っていない。だけど、ここまで来れた。知らなかったところまで。

公園の向かいに、交番があった。巡査が立っている。

「すみません」

わたしは聞いた。

「わたしの家って、どっちですか?」

ホープ・ソング

王城夕紀

王城夕紀（おうじょう・ゆうき）
一九七八年、神奈川県生まれ。二〇一四年『天の眷族』がC★NOVELS大賞特別賞を受賞、同年『天盆』と改題してデビュー。一六年『青の数学』が「おすすめ文庫王国2017」オリジナル文庫大賞で第一位に。他の著書に『マレ・サカチのたったひとつの贈物』『青の数学2』などがある。

私が、本当に彼に訊きたかった質問は何だろう。

陸上１０００ｍのウォームアップエリアに選手が散在する中、最も目立つその背中をプレス席から眺め、私は思う。

最初は腸内細菌だった。

それが誰も予期しなかったほどの効果を上げたのが、革命の狼煙となった。筋細胞、呼吸系器官の構成細胞が、次なるブレイクスルーとなり。

そこからは、一気呵成だった。

ネイティブの記録はあらゆる競技で、デザインドのそれに塗り替わった。

もう、デザインドという言葉も見かけなくなった。今の若者にはその言葉を知らない者がいてもおかしくない。デザインドでない人間など、ほとんどいないからだ。

なぜ、走るのですか。

数日前の取材でそう訊ねると、荒木は豪快に大笑いした。屈託のない笑顔は子供のようで、憎めない。選手村のオープンスペースで周りを気にしながら、なぜ笑うんですか、と苦笑しつつたしなめると、悪いなと手を振りながら、口を開く。

まさかそんな質問されるとはな。

ネイティブのアスリートはもういません。ネイティブでは勝つのは難しいというのが大方の見方です。

走るのが、勝つためならそうなるがな。

勝てなくてもいい。参加することに意義がある、ということですか。

走るときは、勝つことしか考えない。当たり前だ。

では、なぜネイティブであり続けるのでしょうか。

私たちの身体。その内にある細胞のうち、人間のものはわずか。残りの大半は微生物のものだ。言い換えれば、人体とは、無数の生命による多様生態系。人間の身体の細胞すべてのＤＮＡを数え上げれば、人間のものはわずか2％に過ぎない。

その旗幟が、それに続く医療生態工学の発展が、人工微生物（Designed Microbe）を自由に設計する技術革命が、身体生態系（Body Biotope）デザインの進展が、医療を変え、人間の定義を更新した。

医療は、原因を部分に求め除去する還元学から、全体をひとつの環境とみなして相互影響による改善を図る生態学に変わった。医師は、庭師になった。

人間とは、固有の目的をもって設計された人工微生物と、生成りの天然微生物、そのまだらの共生態を意味するようになった。

遺伝子プログラムソフトでゼロから編まれたDNAをもとに造られる人工微生物の特許戦争が起こり、バイオ企業は隆盛を極めた。人工微生物が腸内細菌叢のコントロールを実現した。さらには、人工微生物が、人間細胞の遺伝子を水平伝播という形で改変する技術も実現した。改変細胞シートは一大産業となった。完全に人工のものを体内に入れることへの忌避、人体を人為的に改変することへの拒否反応は当然あった。自分の身体がオセロのように変えられると恐怖して施術を拒む重篤者もいた。人工微生物と天然微生物の違いはあるのか、ないのか、という論争も尽きなかった。

しかし、効果がすべてを凌駕していった。

体内細菌叢をコントロールすることで、肥満、アレルギー、動脈硬化、糖尿病、多発性硬化症をはじめ、原因不明だった病の発症も抑制できるようになった。悪性細胞や遺伝子の悪性部分を、人工微生物を通じて改変することで重大病のリスクを低減できるようになった。加齢や事故による身体能力の低下を抑え、強化できるようにもなった。人間の性格さえ、体内細菌叢の影響下にある。躁鬱も統合失調症も改善できることが明らかになった。細胞のマネジメントという概念が、身体生態系デザインという発想が、精神と身体の常識を変えた。結果、私達はデザインされた微生物と細胞をその身体にまだらに抱えるデザインドになった。

デザインドが子を産めば、子の体内には生まれつきデザインドな遺伝子が、細胞が入り込んでいる。つまり生まれつきのデザインドなのだ。そうして、十年というスパンをいくつか重ねれば。

デザインドこそが、人間になる。もちろん、私もデザインドだ。言うまでもない。

それが普通なのだから。

いまやネイティブは全世界でも10%を切った。

ネイティブこそが、絶滅危惧種。いや。危惧などされていないのだから、ただの絶滅前日種だ。

その流れは当然、スポーツの世界も呑み込んだ。デザインドは競技参加が許されるのか。デザインドの記録を公式に認めてよいのか。どこまでのデザインドなら許されるのか。何%ならば。比率で議論すべきものか。しかしもはや世界は変わったのだ。徐々にルールが整備され、今や実質的にはあらゆるデザインドが認められている。むしろ、より積極的に、人体を、身体生態系を、どうデザインすれば記録を伸ばせるのか、という前提での競争となった。

デザインドこそが、人間なのだから。生粋のネイティブなど、見渡してもどこにもいない。この競技場の、どこを見渡しても。

たった一人をのぞいては。

Do you hear the people sing?
Singing a song of angry men?

トラックのウォームアップエリアで大の字に寝そべり、イヤホンで聴いているのは、またあの歌なのだろう。いつも試合前に何を聴いているんですか。その質問に、彼は古いミュージカルの歌を答えた。

確かに高揚する曲だ。しかし同時に、その歌詞を聴くにつけ、皮肉な思いもこみ上げた。タイトルは「民衆の歌」、その内容は他でもない民衆蜂起のシュプレヒコール、革命を呼びかける叫びだった。

彼には一番似つかわしくない、と思ったのだ。

たった独りでネイティブを貫いている、彼には。

時代が、社会が、革命の雄たけびを上げて行進するのに、取り残された王には。

1000 0m選手としては珍しいくらい大柄で手足が長いその体軀を起こして、荒木はストレッチを続ける。日に焼けた肉体は極限まで絞られているのに、むしろ豊かさとしなやかさをこんなに遠くても印象づけてくる。ネイティブでオリンピックに出るには、それほど天性のものがなければ叶わないだろう。しかしそんな彼でも、周囲のギリシア彫刻のような造形のデザインドアスリートに囲まれると、不恰好でいかにも伸び放題の雑草に見えてくる。

五輪二大会連続出場の偉業は伊達ではない。だが前回大会の成績も最下位に近く、昨今は国内でもデザインドの若手選手に後れを取る場面が目立った。注目度は低い。勝つ見込みがないからだ。人類未踏を観客は求める。実際、今回の代表決定も「今までの経験という玉虫色の選考」だと中傷され、経験でなく実力で選ぶべきとする批判も根強い。それほど、ネイティブが五輪代表に選ばれるのは奇跡的なことだった。

ネイティブは、デザインドに勝てない。それは常識でもない。ただの真実だった。

なぜ、ネイティブであり続けるのか？

私がせずとも、荒木は出会う人に必ず問われてきた。私が調べた限りでは、元来の口下手のせいなのか、彼が明確に答えたのを見たことがない。

ルーティンの準備体操を終えた彼が、イヤホンを外し、それが繋がっているターミナルフォンごと荷物のところに置き、自分の首に手をかけた。ここからは見えないが、ネックレスを外したのだろう。本来ここにいるはずだった、と必ず冠のつくアスリートがつけていた形見を。

津久見選手が自殺したとき、何を思いましたか？

国内最終選考直前に飛び込んできたその報の矛先は、荒木に向かった。謂れもないことだと誰もが分かっていた。しかし津久見が国際大会で上位に食い込むメダル候補選手だっただけに、悲しみの矛先を誰かに向けずには収まらなかった。荒木は「正式選手の死で切符を得た死神」と揶揄された。ほどなく自然消滅したが、その影は彼の周りに漂い続けた。まして津久見がスタートラインに立つとき必ず着けていたネックレスが荒木に渡っているとなれば、なおさらだった。送られてきた、と彼は取材で答えた。なぜ試合のとき、いつも着けているんですか。いや、走るときはさすがに外すさ、邪魔だからな。

津久見は、人懐こい男だった。彼は荒木を慕っていた。接点はほとんどなかったが、大会で会うたびに、同じ競技の先人と後輩として言葉を交し合っていた。だが、二人の立場は変わっていった。津久見は、最先端のデザインドだった。彼のチームには世界トップクラスの医療生態工学エキスパートが集結し、彼に施された技術には世界初のものも多かった。そしてそれは確実に成果を挙げた。１０，０００ｍという種目で日本人が世界大会で表彰台に立つこと自体、画期的なことだった。世界中のスポーツ界から注目される存在であり、チームだった。

なぜ、彼は自殺したのか。理由は分かっていない。

デザインドが始まる前に急上昇していた諸国の自殺率は、それ以降も収まっていないとする統計学者もいる。むしろ増えていると指摘する統計学者もある。今や人間の大半はモニタを操作する仕事に安んじて、現場はロボットに任せる時代なのに。そもそもデザインドは、躁鬱さえ改善できる技術のはずなのに。

スポーツ界でアスリートの自殺がひとつの問題になっているのも事実だった。徹底した管理どころではない。文字通り、身体を改造しているのだ。毎日、毎週、新しい微生物を体内に取り込み、計画通り作用させるために外部から刺激を与え、体内環境が日々変容していく。だが、競争相手も同じことをしている。頭一つ、鼻一つ出るために、一般人が踏み込まない極限まで自らの身体を差し出す。そこに過酷なトレーニングが加わる。周囲の期待が加わる。その負荷は、重圧は、計り知れない。

津久見も、それに負けたのだろう。一部ではそう囁かれた。

私もまたそうだったように。選手生命を諦め、今はスポーツライターで糊口をしのぎ、選手時代のか細い伝手に頭を下げてはこうした仕事にありつき、妻子を抱えて金が頭をかすめぬ日はない、あえぐように生きている私には。毎朝ちらつくその思いを振り払いながら引きずるように生きる私には、津久見の気持ちなら手に取るように理解できる気がする。

　でも、荒木が何を考えているのかは分からない。どうすれば、ああいう風にいられるのか。私が、数多くの質問を投げかけ続けるのは、彼にすがっているからなのかもしれない。


　10000mの選手たちが、肩にかけていたタオルを取り、準備を始めた。美しい芸術品のごときアスリートの中に、荒木はいた。仁王立ちで、堂々と二本の足で大地を踏みしめ、自らを取り囲む巨大なスタジアムの観客席を睥睨していた。

　何を見ているのだろう。その姿は雄々しく、だからこそいかにも、不出来だった。

　ネイティブ・ランナーであり続ける。

　たとえ負け続けたとしても。

「なぜ、それでも貴方は走り続けることができるのですか？」

　数日前の取材で、最後に問うた質問だった。

　彼はそれを聞いて、再びひとり大笑いした。砲丸投の巨漢選手チームが睨みつけてくるのにもお構いなしだった。そう、彼は独りだった。チームを引き連れて現地入りするのが現代スポーツでは当たり前だが、彼はたった独りでこの戦いの地におり、どの選手よりも豪放磊落で、楽しそうだった。しばらく私を見ていた彼が、やがて口を開いた。

人間の精神は、肉体に支えられている。だからこそ、デザインドになるのではないですか。

だからこそ。私はすぐに言った。だからこそ。

私には、彼の細めた目が何を見ているのか分からなかった。


10000mは、予選がない。一発決勝だ。

参加するすべての選手が、純白のスタートラインへと歩いていく。自国の選手の名を叫ぶ声が、聞こえる。ライン近くに集結した選手同士で、場所取りの静かな争いが始まっている。ここからだと、ちょうどスタート地点の背後に当たるから、選手たちの背中が闘志に高まっていくのがよく見える。

荒木は、まだその一群に辿り着いてさえいない。トラックに囲まれたエリアを、その出発点に向けて、腕を伸ばしながら悠然と歩いていた。まるでこのスタジアムが、自分のための場所であるかのように。

私は知っていた。送られてきた、というのが嘘であることを。津久見の葬儀で、彼は最後まで残って津久見の妻を励ましていた。ネックレスは、彼女に託されたのだ。なぜ、彼に託したのですか。私は彼女に尋ねた。もう二度と津久見のような人を出したくないから。彼女は、そう答えた。

始まる前に、と取り出した仕事用のターミナルフォンに、メッセージの着信を認めた。

手早くタイトルだけ確認してしまおうとして、その指が止まる。

荒木からのメッセージだった。つい数分前だった。先ほどのイヤホンを外したときの姿が思い浮かぶ。あの時、あんなレースがスタートする直前に、一体何のメッセージを送ってきたというのだろう。

意を決して開く。指が少し震えている。


なぜ走るのかなんて、簡単な話だ。

そう書き出されていた。あの時の質問の、答えなのか。とっくにその答えなど彼の中にはあったという書きぶりだった。


頭で考えるからそんな問いが出てくる。

走っていればそんなことは考えない。

バカな頭の代わりに身体が考えてくれる。

お前も忘れたのか。


ただのユニバーサルフォントが、なぜ、こんなに力強く見えるのだろう。

身体は前しか見ない。

身体はいつだってポジティブだ。

絶望するのはいつだって頭だ。

いいか。


残り一行を読もうとして、耳を聾する歓声が上がる。顔を上げる。全員がスタートラインについていた。荒木は、一群の一番端に位置していた。

大きな背中だった。

大理石を削って作られたかのような超人たちの中で、その背中が、なぜか何より大きく見えた。後ろ髪引かれながら、目を落とし、最後の一行を見る。

そこに書かれていた言葉。


身体は、希望しか抱かない。


その言葉を魅入られたように見つめながら、歓声の中にあの歌が聞こえた気がした。

轟くように、遠くから近づいてくるように。

Do you hear the people sing?
Singing a song of angry men?
It is the music of a people
Who will not be slaves again!

身震いするほどの歓声の中で、私は悟る。

彼が聴いているのは、己の身体が謳う歌なのか。

ある機能、ある役割をその目的としてシャーレの中で生み出された人工微生物ではない。生きること、それだけをただ唯一の目的としてプログラムされている、天然微生物の声。彼らが、己の身体の中で、己の身体として、立ち上がり自由を叫ぶ民衆の歌。

――そもそもデザインドは、躁鬱さえ改善できる技術のはずなのに。

そう。

私たちはまだ誰も気づいていないのかもしれない。

――人間の精神は、肉体に支えられている。

それは、鬱を改善する身体生態系デザイン、などではなく、もっと根源的なことを言っていたのか。

彼だけが、聴いていた。

耳を澄ませ続けていた。

天然の身体の、沈黙の声を。

生きる力を。

希望の歌を。

——身体は、希望しか抱かない。

かつて自分が走っていた時のあの風を、あの汗を、あの高揚を、ふいに感じた気がした。

なぜ——忘れていたのだろう。

——なぜ走るのですか?

生きると叫ぶ、その歌を聴くために。

希望を謳う、その歌を聴くために。

彼は、独りではなかったのか。

だから彼はネイティブ・ランナーでい続けるのだ。

まだらの身体になってその民衆の歌を失い、立ち上がる力を失った友の無念も、その背中に背負って。

メッセージをくれたその背中が、見ておけと私に告げている。

スピーカーを通して、スターターの声が響く。

「on your marks!」

選手が一斉に身構える。一瞬の後、彼らは弾丸のように飛び出すのだ。地上最強のランナーたちが、猛々しく地鳴りを立てるのだ。

その中に混じって。

無骨な背中は、私に問いかけていた。


お前は、もう走っていないのか？


彼は、最後のネイティブ・ランナーだ。

流れには抗えない。たとえデザインドにどんな問題があろうと、たとえ私の頭を掠めた問題があろうと、人間は戻りはしない。テクノロジーが猛々しく、それすらも乗り越えていくのだ。人類はそうして進歩し、君臨してきたのだ。

彼は化石だ。

絶滅を宿命づけられた、
しかし不屈なる化石だ。

その背中が、内なる力で満ちていくのが分かる。

走れ。
スターターが、ピストルを天に翳す。
走れ。
スタジアムが一瞬の静寂に包まれる。
走れ。
身体よ、希望の歌を高らかに謳え。

When the beating of your heart
Echoes the beating of the drums

叫べ、希望の歌を。
私たちが失った、そのホープ・ソングを。
敗北を宿命づけられた革命を告げる、銃声がつんざく。

熊の夜戦

佐藤友哉

佐藤友哉（さとう・ゆうや）

一九八〇年、北海道生まれ。二〇〇一年『フリッカー式　鏡公彦にうってつけの殺人』でメフィスト賞を受賞しデビュー。〇七年『1000の小説とバックベアード』で三島由紀夫賞受賞。他に『デンデラ』『1000年後に生き残るための青春小説講座』『ベッドサイド・マーダーケース』など。

1

すべてはうまくいっていて、あとは山を下るだけというところで、いやな気配を感じた。

ふりかえっても、たっぷりの暗闇があるだけでなにも見えない。慣れ親しんだはずの山が、他人みたいな顔をしている。

ぼくは走った。

気配だけならば、相手が見えなければ、どんなに用心したって意味はない。だから走るしかない。

勇気をもらうように、背負ったリュックに手をのばす。

中身がぶるっとふるえた。

さあ行こう。

さあ走ろう。

夜が明けるまえに。

2

山を駆け下りた。

足を踏み出すたび、親指が痛い。ぼくの靴はひどい安物で、最近はちょっときつくなっていた。

父さんがくれた、舶来の懐中電灯をつけようかと思ったけど、目立つような気がしてやめる。

それほどまでの暗闇。

生い茂る木々が月明かりをかくして、視界は鼻の先ほどしかない。

でもそんなの、ちっともこわくなかった。

こわいのは、つかまること。

もういちどリュックにふれる。

中身がもぞもぞと動いて、走るたびに水滴が垂れた。

そのとき。

いくつもの跫音。

後方から聞こえてくるそれは、ほとんど突進するみたいに近づいてくる。
見つかった。
町の連中に見つかった。
あわてて踏みこんだせいで、木の根につまずきそうになる。意地で踏んばった。
転ぶわけにはいかなかった。
転んだら、それでおしまいだから。
連中につかまったら、弁明もできないまま殴り殺されるから。
ぼくは一心不乱に走りながら、ずれたリュックを背負い直す。
重い。
それと、中身が動くたびに体勢がくずれて走りにくい。
跫音は迫ってくる。
こらえきれず、思わずふりかえると、いくつかの人影が見えた。
ぼくの頭を叩き割るための棒切れや、ぼくのノドを切り裂くための鉈も見えた。
山を知っているとはいえ、ぼくの足は子供の足。
このままじゃ追いつかれる。

3

「いいか坊主。冬眠を終えた熊ってやつはな、春土用をすぎたころに穴から出て、毛干しをするんだ。おぼえとけ」

父さんは熊撃ちで、山のことならなんでも知っていた。雪の中で火をたく方法も、魚のたくさんとれる穴場も、みずみずしい山菜の茂る場所も。

いっしょに山に入りながら教わったそれらは、ぼくの大切な思い出だった。

同時に強力な武器だった。

「熊撃ちは根気のいる仕事さ。おれが山に入ったら、何日も帰ってこないだろ?」

「どうして熊って、すぐに見つからないの。あんなに大きいのに。父さんが帰ってこないとさびしいよ」

二人で山に入っているときだけ、ぼくは子供でいられた。

町の学校はいらいらするだけだし、母さんは妹の看病で疲れきっていた。父さんと山にいるときだけ、心の鎖を外すことができた。

「そりゃ熊はでかいけどよ、山はもっとでかい」父さんの笑い声がひびく。「必死こいてさがさないと、見つけるのはむずかしいな」

「ぼく知ってるよ。熊って足跡をたどってさがすんでしょう」

「その通りだ坊主。じゃあ、人間みたいに足跡が二つしかないのも知ってるか」

「四本足なのに」

「前足のあとを後足で踏んで歩くんだ。だから後足しかのこらねえわけさ。熊ってやつは本当に賢い。それに、やっと見つけた足跡が途中で消えちまうこともある」

「熊が消えちゃうの？」

「消えねえよ。でも、本当に消えちまったように見えるなあ。『足止め』って呼ぶんだが、自分の足跡を逆にたどって、追っ手を撒く技だ」

「熊が追っ手を撒く……」

ぼくはうっとりして云った。

「そうだ。熊はな、そうやって勝つ。あの立派な爪や牙を、だからそう簡単には使わねえのさ」

4

町の連中は、ぼくが不意に消えたことにおどろいて、あちこちに目をやっている。

ぼくは熊のように『足止め』をやりのけて、木の根本にある穴ぼこにかくれていた。

連中のいらだった声が遠ざかり、見当違いの方向へ消えていく。ぼくを見失ったらしい。山にも入らないで、算盤をはじいているだけのあいつらに見つけられるものか。

ぼくはリュックをおろす。

休もう。すこしだけ。

夜更けとともに山を越えて、とにかくずっと動きっぱなしだった。そしてこの暑さ。めまいがする。

ひどい汗と、リュックから漏れる汁で、ぼくの背中はびしょ濡れだった。いやなにおい。魚籠《びく》に入れたのを忘れて、お天道さまの下にほうっておいた魚からも、こんなにおいがしたものだ。くさったにおいが。

くさったにおい？

リュックの中身は、さっきまで暴れていたのに……今は静か。さわってみても反応がない。くさったにおい？

不安が全身をめぐり、ぼくは木の根本を飛び出す。

休んでいる場合じゃなくなった。

斜面を縫うように蛇行する道を下ると、ゆるやかな沢に出た。

なつかしい。

ここではよく、父さんと釣りをしたものだ。

川面から立ち上る冷気が心地いい。

ノドがかわいていることに気づく。

川水で、べたついた顔を洗った。そのまま水を口にもっていこうとしたとき、父さんとの会話を思い出す。

「おい坊主。どんなにノドがかわいても、いきなり川の水を飲んじゃいけねえぞ」

「なんで？　きれいなのに。町の濁り水より万倍もきれいなのに」

「岩の表を流れてくる水には、とくに用心しとけ。上流で獣が死んでたら、死骸まじりの水を飲むことになるだろ。流れから離れたところを掘ってな、その水を飲むのさ」

あのとき教わったように砂を掘って、そこから染み出た水を飲んだ。すこし砂っぽかったけど、かわきは嘘みたいに消えた。

それからリュックを開ける。

「ほら、おまえも水を飲みな」

ぼくがそう云うと、ぬるっとした巨大な物体が、リュックから窮屈そうに這い出てきた。

表面は粘液で覆われていて、てらてら濡れている。木々の開けた沢に落ちた月光が、その奇怪な背中を仄青く照らす。水辺に入ると安心したのか、寒天みたいなからだをふるわせた。

ぼくが町から盗んできたもの。

それは、オオサンショウウオ。

5

空に爆撃機が飛ぶようになったころ、妹がたおれた。

むりもない。栄養のある食べ物もなく、痩せた芋をかじるだけの暮らしは、もともと病弱だった妹のからだを痛めつけるのにじゅうぶんだった。戦争がはじまってから、村も町も薬を買う金もなく、いや、そもそも薬がなかった。

物不足に苦しめられていた。

鯉の生血。熊の胆。そうしたものが薬のかわり……それ以上の効果を持っていることは知っている。

でもそんなもの、どうやって手に入れるのか。鯉なんて最近じゃ町でも見ないし、熊の胆はものすごく高価で買えない。ほしけりゃ熊を撃つしかない。

だけどぼくは猟銃も使えない子供で、父さんはもういなかった。

猟銃も、父さんも、皇軍がみんな持っていってしまったから。

サンショウウオの黒焼きが妙薬となるのを教えてくれたのも父さんだった。

筌《うけ》という、竹を編んで作った罠を川にしこみながら、父さんはこんなことを云った。

「こいつはな、ちょいと仕組みを変えれば、サンショウウオやカニなんかもとれる。坊主はサンショウウオって知ってるか」

「わかんない。魚？」

「いや、イモリを大きくしたようなものさ。普通は小さいんだが、オオサンショウウオってのもいてな、そいつはおれの腕くらいあったぞ」

「腕くらいあるなんて、信じられない……」

「町長が飼ってるのを見たけど、ありゃすごかったな」

「ねえ、なんでそんなもの飼ってるの？」

「あの町長のことだ。万が一のことでも考えてるんだろうよ」父さんは口もとだけで笑う。「サンショウウオを黒焼きにしたものは、熊の胆とおなじくらいに効く。ははっ、でかいほうがより効くかもしれねえなあ。いいか坊主。もしなにかあったら、サンショウウオを獲れ」

でも筌のやりかたを教えてくれるまえに、父さんは戦地に行った。そして爪と髪だけになって帰ってきた。

ぼくにはオオサンショウウオしかなかった。

6

水辺で元気を取り戻したオオサンショウウオは、短い手足をばたつかせて、いきなり泳ぎ出そうとした。

大きなからだを川に浸して、ゆるやかな流れに乗ってしまう。

「おい馬鹿。逃げるな！」

いそいで手をのばしたけど、つるつるすべってつかまえることができない。ぼくは体勢をくずして、顔から川に突っこんだ。オオサンショウウオが離れていく。

ヌメリが強い生き物に、力まかせはいけない。魚を手づかみで獲るときのように、今度はそっと抱き留めてみせる。

そのままリュックに押しこむと、オオサンショウウオはあきらめたように静かになった。ぼくはほっとして息を吐く。からだじゅうが粘液まみれで不快だったけど……。

ばしゃばしゃと、あきらかにぼく以外のだれかが川に入った音がした。

顔を上げると、町の男と目が合った。

びっくりした顔つき。きっとぼくも、おなじような表情をうかべていただろう。

ただ、そいつのほうが若干、我に返るのが早かった。「いたぞ！」と叫んで、仲間たちを呼んだのだ。

ぼくはリュックを背負い、逃げ出した。ちくしょう。

沢を飛び越え、ふたたび山を下る。

追っ手との距離があまりに近すぎて、さっきみたいに『足止め』を使うことはできない。正々堂々、まっすぐ逃げるほかない。だけどぼくの足は疲れきっていて、そして子供だ。ちくしょうだ。

町の連中は大股で走り、一気に詰め寄ってくる。リュックを投げ捨てて身を軽くしようと思ったけど、そんなことをしたらすべての意味がなくなるので必死に、それはもう必死に走る。

距離はちっとも広がらない。

いい方法はないのか。

ぼくはどうやって走ればいいのか。

7

父さんが出征するまえの日も、ぼくたちはいつものように山に入っていた。

「家のこと、たのむぞ。おれがいないあいだは、おまえが家を守ってやらなくちゃならない。こいつを預かっといてくれ」

父さんはそう云って、いつもはさわらせてもくれない懐中電灯をぼくにわたした。

「父さん……」

「まあ、お守りみたいなものさ。こんなものを点けて逃げたり追ったりするやつは三流だからな……おい、そんな顔すんなよ。今まで通りさ。いつもよりちょっと長いあいだ、熊撃ちに出かけるようなもんだろ」

「熊じゃない」

「なにじゃないって？」

「父さんが撃つのは熊じゃない」

ぼくは云った。

父さんは一瞬だけ固い顔つきになったけど、短く息を吐いてから、「もし熊に遭ったらどうする？」とたずねた。

「知らない」

「いいから答えろよ」

「そんなの……逃げるに決まってる」

「山の中で熊相手に競走して、勝てる人間なんざいない。戦うんだ」

「勝てるわけないよ」

「いいか坊主。勝つってのはな、相手の命をうばうことだけじゃない。熊がひるんで退散すりゃ、こっちの勝ちになる」

「戦うって、でも、どうやって」

「そうだな、武器でもあればいいが、素手でやらなきゃならないときもある。そうなったら、拳を熊の口につっこめばいい」

「そんなこと……」

「おれは何度か、銃がいかれて鉈もないときに、そうやったものだ」父さんは丸太のような腕を見せつける。「いいか坊主。やらなきゃならないときは、かならずくる。おぼえとけ」

8

太い幹に腕をかけると、そのまま反転して山を駆け登った。

考えてもみなかったことが起きて、連中は一瞬だけど動きをとめる。ぼくはそのスキに追っ手の人数を確認する。闇が濃くてよく見えないけど、十人はいないだろう。それに、こいつら全員を相手にするわけじゃない。

ぼくは勢いを殺さず走りながら、手近にいた男の鼻めがけて、懐中電灯を投げつけた。

命中。倒れそうになる男を数人が支える。

「うああああああああああ！」

声を出せ。

威嚇しろ。

獣はみんなそうする。

これも父さんから教わった。

鉈を持つ腕を見つけて、ぼくは飛びつく。ほかの男たちがぼくを引きはがそうとする。髪に、足に、リュックに、いくつもの手がのびる。

ぼくはそれでも腕につかまって、何度も嚙みついてやった。男がたまらず落とした鉈を拾うと、今度はやたらにふり回してみせた。

間があった。

それは連中がぼくを値踏みする時間だ。

どうやってぼくを殺そうかと、それぞれが考えをめぐらせているのだ。

怖気づいたわけじゃない。

これ以上の時間をあたえたら、連中は冷静に判断してしまうだろう。仔猿のようなガキ一匹なんて簡単に倒せると判断してしまうだろう。

かといって、逃げるわけにもいかない。今ここで逃げるのは、連中に自分たちが優位であるのをわざわざ教えることになる。

だから。

戦うしかない。

鼻をへし折られて苦しんでいる男をねらって、鉈を振り上げた。男はなさけない声を上げて、そのままどこかに逃げ去った。勝てる。ほかの連中もあきらかに気おくれしている……。

頭に衝撃。

背後から棒切れで殴りつけられたのだ。

目玉にまで響く痛みにたえながら、ぼくはそれでも獣の声を上げた。手にした鉈をぶん回し、間合いに誰も入れないようにする。

本気であること。

殺意の炎を燃やして立ち向かっていること。

それを伝えようとする。

すると、連中のひとりが、「おい、やめだやめだ」と云った。「帰ろう。こんなことに命をかけるなんて馬鹿げてる」「あ？　町長さんになんて云えばいいんだよ」「見つからなかったって云えばいいだろ」「やだぜ。なあ、こっぴどく叱られるのはいやだぜ」「じゃあおまえがなんとかしろよ」「おれは降りる」「そうだよ。サンショウウオなんて下らないよ」「おれも降りるぞ」「おれも」「おれもだ」

連中は警戒しつつぼくから離れる。

ぼくは頭から流れはじめた血にもかまわず鉈をふり回して、大声で吼えて、油断していないことを主張した。甘いことばに引っかかる愚鈍ではないことを態度で示した。

連中はぼくをにらみつけながら……闇の奥へと消えた。

力関係が、入れ替わった。

今だ。

ぼくはきびすを返すと、一目散に山を駆け下りた。

必死に。獣のように。

連中は逃げたふりをして、闇の中でこちらを観察しているかもしれない。走りながら、それでも全方位に注意を向けておくのを忘れない。

走っているうちに、これじゃあまるで本物の熊みたいだと思った。

そうか。

ぼくは熊なんだ。

人ではないぼくに、こわいものはなかった。

不安はどこにもなかった。

鉈をにぎったこの貧弱な手は、むっくりと逞しい熊の手だ。走りつかれて震えるこの脚は、山ではどんな獣よりも速い熊の脚だ。この目、この耳、この声すべてが、ぼくを完璧な熊だと証明している。

町も、戦争も、このぼくを倒すことはできない。

闇を突っ切り、笹をかき分けて、倒木を飛び越えた。血がぼたぼた落ちて、ひどい耳鳴りがして、呼吸が苦しい。

なのに。

気持ちのいい疲労だった。

気持ちのいい地獄だった。

いつか、腕のいい立派な熊撃ちに仕留められるまで、ぼくは走りつづける。

桜の並木の満開の下

遠藤徹

遠藤 徹（えんどう・とおる）

一九六一年、兵庫県生まれ。同志社大学グローバル地域文化学部教授。二〇〇三年『姉飼』で日本ホラー小説大賞を受賞。他の小説に『壊れた少女を拾ったので』『ネル』『戦争大臣』『贄の王』など。『スーパーマンの誕生 KKK・自警主義・優生学』といった研究書も多くものしている。

桜の並木の満開の下を、一頭のカモシカが駆けて行く。

さながらそんな絵柄だった。

彼女が走る姿は、そんなしなやかさと軽やかさ、そして優雅さを兼ね備えていた。

知っていた。貴志《たかし》は彼女を。というより、ずっと前から彼女に憧れていた。というより、貴志の高校の男子生徒で、というより、女子生徒をも含めた全体集合のなかでも、彼女をある種の尊崇の目で見つめない者はほとんどいないといってよかった。

でも、彼女は貴志を知らない。たぶん。おそらく。間違いなく。

なにしろ、片や秀外恵中、すなわち、容姿において秀でており、同時に内面や知性もばっちりときているのに対し、言ってみれば貴志は凡外凡中であったからだ。目立たないこと路傍の石の影のなかの蟻んこのごとしであった。それに、学年が違う。貴志は二年生、そして彼女は一年先輩なのだ。でも実情はそれ以上だった。一年の違いとはとても思えなかった。あらゆる意味で貴志のはるか先にいた。一歩先を行っているどころの話ではなく、最初から千里の彼方にいた。

にもかかわらず、その朝、鴨川の遊歩道を駆け抜けていく彼女の姿を見たことは貴志にとっては天啓だった。貴志は自分が召されたのだと気づいた。すべてが奇跡だったからだ。

なぜだか、いつも寝坊の自分が常より早く目覚めた。

なぜだか、いつも犬の散歩をする姉が早く家を出なくてはならず、そのせいで柴犬クピドーを押しつけられた。

なぜだか、いつもは好まない鴨川沿いを、クピドーが散歩道として選択した。

なぜだか尽くし、いや稀有尽くしだった。そして、寝ぼけ眼の貴志の背中を越えて、稀有の化身が駆けて行ったのだ。カモシカが。いや、あの遠山霞《とおやまかすみ》が。霞様が。

「召された」

呆然とそのジャージ姿を見送りながら、貴志はそう呟いた。気づけばクピドーが遠山霞の後を追いかけていた。いつの間にか手がゆるんでリードを放してしまっていたようだった。

「ありがたい」

心の片隅で、クピドーに感謝しながら、貴志は霞の後を追った。

「クピドー、おーい、待てよー」

息を切らせてクピドーを追う貴志。そんなクピドーにすら追いつくことを許さない速度で駆けていた遠山霞がふわりっと振り返った。

「あら、小池君」

意表を突く展開。あろうことか、遠山霞様のお口から貴志の名字がさりげなくたち現れたのだ。ありがたや、ありがたや。なんという僥倖。あの遠山霞様が、自分のようなはかなき衆生をご存じであられたとは。

「あなたの犬？　かわいいわね」

立ち止まることはせず、軽く足踏みを続けながら、常より少し息があがった程度の落ちついた声で霞が話しかけてきた。クピドーはそんな霞のまわりを、息を切らせながらぐるぐる回っていた。

「あ、そうです。クピドーっていいます」

思わず声が固まる。

「あら」

笑みこぼれる霞様。ああ、もったいのうございます。まぶしゅうございます。

「恋の仲介役ってわけなのね」

そう、クピドーとはラテン語でキューピッドのこと。恋の矢を放つありがたき存在。でも、残念ながらクピドーは霞に追いつけなかったのではあるけれど。

「もうリード放したりしちゃだめよ」

じゃあ、と手を振って去ろうとするその背中に、貴志は自分でも呆気にとられる言葉を発していた。

「あの」

「なあに」

「ぼくも走っていいですか」

「あら、走るのに誰かの許可なんて必要かしら」

おもしろい冗談ねという風に、霞は小首を傾げた。やばい、キュートすぎる。

「いいえ、違うんです。同じ時間に、この場所から先輩について行っていいでしょうか」

「いいわよ。でも」

すでに駆け出しながら、霞は軽く手を振って去った。

「追いつけるかしらね。私に」


それはメッセージだと貴志は理解した。

「追いついてごらん。そしたら、あなたの恋が成就するかもよ」

きっとそういう意味だ。傍目には強引な解釈であり、牽強付会でしかない。だが、恋に盲目な十六の若者をいったい誰が笑えるだろう。それにこれは誰もが通った道ではなかっただろうか。

貴志はしかし、ひとつ大事な問題が立ちはだかっていることを忘れていた。運動が嫌いだということだった。特に走ることほど、これまで貴志が毛嫌いしてきたことはなかった。実のところ、あれの次くらいだった。

けれども、すでに賽は投げられたのだ。クピドーでは届けられなかった恋の矢は、自分で届けるしかない。

翌朝、貴志は入念に準備運動をして待った。自分で目覚ましを早めに設定して起きてきた貴志に家族は驚き、今日からランニングを始めるという彼を家族の爆笑が包んだ。

「どうしたの？　あんた、ゴキブリの次に走るのが嫌いなんじゃなかったっけ。そのココロは、ゴキブリがいつも走ってるから、とか言ってたじゃないの」

姉にはそんな風にからかわれた。熱でもあるんじゃないかと心配顔の母をうざったく思いながら、貴志は家を出てきたのだ。

「おはよう、小池君」

とうとうそのときが来た。

カモシカタイムの到来だ。さあ、いざならん。我も。カモシカに。

「おはようございます。遠山先輩」

「いいわよ。自由についてきて」

まったくペースをゆるめる気配も見せず、颯爽と霞が駆け抜けていった。

「参ります」

ぎくしゃくする足を右左右左と意識しながら前に送り出す。思ったよりずっと抵抗が強かった。走り慣れない貴志の体は、カモシカではなかった。理想として思い描く霞のなめらかな足の運びにはまったく比すべくもない、錆び付いた機械だった。見る間に霞の姿は川の上流に向かって小さくなっていった。

「いったいどこまで行くんだろう」

いぶかしく思った。だって学校はまったく逆の方向なんだから。あんなに果てしもなく上流まで駆けていってふたたび駆け戻り、それからいつも通りのさわやかな姿で登校してくるなんて、ほんとミラクルだ。

息切れして、立ち止まり、もう豆粒ほどに小さくなった霞の姿を見送りながらも、貴志の尊崇と憧憬の念はさらにも高まるばかりなのだった。


やがて桜は散り、新緑の季節が過ぎ、夜明けとともに気温が鰻登りになる季節も終わり、落ち葉の季節となった。

驚いたことに、今朝も鴨川のほとりに貴志の姿があった。あの運動嫌いの貴志が、いまだに走り続けていたとは！　鴨川の歴史に新たな一ページが刻まれたとさえいえる。

いや、一ページというのは、ちょっと盛りすぎだから、一行くらいかもしれないけれど。つまり、鴨長明がまだ存命であったら、『続々々々々々々　方丈記』あたりに一行くらい書いてもらってもよいほどの珍事だということだ。行く河の流れは絶えずして、しかも、もとの水にあらず。淀みに浮かぶうたかたのひとつに、恋に憑かれて走る男などありけり。

最初は錆び付いた機械だった。しかも無理がたたって解体の危機に瀕しているように思われもした。けれども、そこを乗り越えた三ヶ月後くらいから、貴志は自分の体が変わったことに気がついた。なんというのか緊張がほぐれた感じだった。体が走ることに身構えることをやめ、リラックスして動いてくれるようになったのだ。酸欠の金魚さながらにアップアップしていた呼吸も、徐々に二回吸って二回吐くというゆったりとしたペースへと落ちついていった。壊れかけの機械から、ついに生物へと昇格したのだった。

「走れる」

喜びとともに、貴志は次の一歩を踏み出しつづけた。自分の足がなめらかに動くことに感動した。見る間に川沿いの景色が遠ざかっていく。

「これならきっと」

そう思ったけれど、それはいかにも甘い考えだった。自分としては画期的にスムースに走れるようになった。それでも霞との距離は、いつものように見る間に広がっていった。最初手が届きそうなところにあった霞の肩がゆるやかに揺れるのを見ていたはずが、いつのまにかそれは橋一つ隔てた彼方へとワープしたかのように遠ざかっているのだった。紅葉した山の方へとその姿が吸い込まれていった。確かに壊れかけの機械ではなくなったが、まだカモシカではなく、運動不足の家ネコ程度の走りだったのだ。

それでも手応えはあった。彼女の姿が豆粒になるまでに、これまでの何倍もの距離が走れるようになっていたからだ。

「そのうちきっと」

貴志は以前にもまして熱心にランニングに取り組むようになった。学園恒例の冬の耐久マラソン大会で、いきなり上位に食い込んだ貴志にクラスメートは驚いた。いつも体育の授業をさぼるときの仲間たちには裏切り者となじられた。

「火星人の襲撃を受けて、地球が滅亡に瀕する阿鼻叫喚のその日までは走らないっていう海誓山盟の誓いを忘れたのか」

「悪い」

貴志は陳謝した。

「火星には知的生命体はいないっていうバイキングの報告を真にうけちゃったもんで」

やがて、冬が終わり再び春が訪れた。蕾だった桜の花が徐々に開き始めていた。

「よく続くわね。もしかしてあんたどっかの美人ランナーのストーカーとかしてるわけじゃないわよね」

あまりに鋭い姉の突っ込みに、貴志はぎくりとした。

「違うよ。俺が追いかけられて逃げてるんだよ。恋人志願者の群れからね」

ありえない設定に家族は再び大爆笑したが、貴志は心の中で姉の突っ込みにこう答えていた。

「そうかもしれないけど、これは公認だから。公認のおっかけだから」


「おはよう、小池君」

いつものように、たった一言お声をかけてくださって、霞先輩は駆け抜けていった。

「おはようございます、遠山先輩」

ふたたびの転機だった。なんということだろう。ついていっていた。どこまで走っても、霞の肩は手が届く距離から遠ざからなかった。まるで貴志のペースメーカーであるかのように、霞は息を合わせて貴志と走っていた。

その一体感。

「ああ、なんという極楽」

二人で同時に息を吸い、そして吐く。二人で同時に右足を前へ滑らせ、左足で地面を蹴る。かつては頭、肩、腕、胴、そして足がてんでばらばらに動こうとしていたものだった。自分の体だというのに、天下統一がなされていない群雄割拠状態だったのだ。けれども、徐々に「駆留《かける》」という名の武将がすべてを下剋上していった。秀吉の天下統一は一五九〇年のことであったが、それに遅れること四百二十余年を経て、この春ついに駆留による貴志の身体統一が成し遂げられたわけだ。めでたしめでたし。

いまでは、地面を蹴る足裏から、前方を見つめる頭までが一体になっている。ひとつらなりのなめらかな連携組織となって、肩の動きから腕の振れ具合、安定した腰の位置、そうしたものすべてが足の動きを支え、同時にまた足の動きが全身の各部へと心地よいリズムを送り出してもいる。

頭上には、蕾をわずかにほころばせかけた桜並木。

「小池君」

ふと霞が振り返った。

「はい」

「隣へおいでよ。ペースが同じみたいだから、並んで走ろうよ」

「は、はい」

かくして、ついに貴志は昇天した。もう自分が何をしているのか、どこにいていまなにを考えているのかも定かではなかった。ただただ隣にいる人の気配に満たされ、ただただ前だけを見つめていた。カモシカだ。貴志は満ちていた。俺たちはいま、桜並木予備軍の下を駆け抜ける二頭のカモシカだ。もちろん、番《つが》い予備軍だなんてことは、恐れ多くていえないけれど。

　覚えていることといえば、こんな会話を交わしたことくらいだ。

「あの、先輩」

　貴志の声は上ずっていた。当然だった。走っていたからだ。尋常の呼吸状態ではなかったからだ。それに、精神も高ぶりきって尋常ではなかったわけだし。

「なあに」

「どうしてご存じだったんですか？」

「なんのこと」

　対照的に、すでにかなりの距離を走っているというのに、霞の声は柔らかかった。

「あ、たいしたことじゃないんですけど」

「うん？」

「どうして、ぼくの名前をご存じだったのかなって思って」

「ああ、そのこと」

　霞先輩は、おおらかに笑った。

「簡単よ、だって君、入学早々に生徒手帳を落としたでしょ？」

「あっ」

すべての謎が氷解した。

そうなのだ。高校生になってすぐに貴志はアイデンティティを喪失した。つまり、身分証代わりの学生証をなくしてしまったのだ。だから、通学用のバス定期を買うことも、学生料金で映画を見ることもできない無資格高校生の境遇に陥ってしまった。

ところが、紛失から三日後のホームルームで、思いがけず担任の教師からそれが返却されたのだった。

「よかったな。心根の正しい人に拾われて」

二度とこういうことのないようにと諭されて返却されたそれには、バスの定期代として親から渡された一万円札がそのまま挟まっていた。

「先輩だったんですか」

「ってこと。あのころの君の写真は、もっと童顔だったけどね」

すべてがつながった。自分が知らないところですでに、貴志と霞は出会っていたのだ。そして、自分が知らないところですでに霞は貴志にとっての恩人だったのだ。ありがとう。おかげで、おととい食べることができました。純喫茶「ドナウ?」の「学生限定パフェ　青く美しきドナウ?」。なぜ、店名からメニュー名まですべてにクエスチョンマークがついているのかはクエスチョンのままだけど。それに、上にかかってる青いシロップの成分もクエスチョンなままだけど。でもおいしかったです。一緒に食べたのは男友達だったけど、それでもまあまあおいしかったです。とまあこのように、すべてが、そう、こうしていまここにあるすべてがあなたのおかげなのです。

そんな思いが、貴志の至福をいやがうえにもパンプアップし、ブーストし、アクセラレイトしたのであった。あとはもう忘我であった。ただただ隣にあの方がおられるという至福に包まれて走った。


「だいじょうぶ？」

声をかけられて我に返ると、いつもとは違う景色がそこにあった。

「あ、はい、だいじょぶです……あれ？」

下鴨神社の近くだった。貴志の家は北山の方だから、ずいぶん下流まで降りてきたことになる。

「こんなところまでいっしょに来てくれなくてもよかったのに」

なんでも、いつもの出発点に戻って、もうここでいいよと声をかけても貴志は反応しなかったらしい。ただただ前を見つめて走るばかりだったのだそうだ。

「すごいね、小池君。すごく上達したよ」

お褒めをいただいた。

「ありがとうございます。霞先輩。俺、先輩について行こうって思って一生懸命がんばっただけです」

「もう一人でも大丈夫だね。私がいなくっても十分走れるよ」

「えっ」

虚を衝かれた。寝耳に霹靂、青天の水だった。霞は明日から上京するのだと打ち明けた。志望大学に合格して、明日から東京で暮らすことになったのだと。

「だいじょうぶ」

世界の終わりを目の当たりにした貴志に、霞はもはや意味をなさない慰めの言葉を送ってくださった。

「わたしも走るから。東京で。だから、小池君もこっちで走ってよ。ランニング仲間なんだからさ」

じゃあねと手を振って、遠山霞は消えた。貴志の目の前からいなくなった。

今朝も貴志は走っている。もう前を行く人はいないけれど、それでも走っている。走ることそのものが、いまは自分を満たしてくれる何かになったと感じている。そう、走る距離が延びるにつれて、達成感もいやましになってきたのだ。

それに貴志はかじってしまったのだ。あれを。あのえもいわれぬ禁断の果実を。

ある祝日の朝、無制限で走り続けることにした貴志は、三十キロを超えたあたりで不意にいわれもない精神の高揚を感じた。もう隣にあの人はいないというのに、あの日の、二人で走ったあのときの無我の境地のような解放感がふたたび訪れたのだ。自分はこの世界を愛しており、同時に自分もまたこの世界に深く愛されているのだという根拠のない確信が踏みしめる一歩ごとに、自分の中で躍動するのを感じた。

世界は俺を愛してる。そして、俺にとって世界とは霞様のことである。ってことは霞様も俺を愛してるってことになる、などと意味のない三段論法に固執してみたりもした。さすがに、「あれ、俺ちょっといまやばいことになってるんじゃねえの？」的な自覚もナノレベルでは残っていたものの、世界を肯定する強い〝ＹＥＳ〟の感覚を貴志は知ってしまったのである。おそらくランナーズハイに至った者にだけおとずれるあれ、完全に合法なドラッグが脳内で分泌されるあれだったのではないかと推測された。それはよかった。ほんとうにえがった。

こうなったらもう虜である。残念ながら、あれ以来同じ境地にはなかなか達することはできないのだが、なんとかもう一度あの快楽を体験したくて、貴志は走っている。雨の日も風の日も。台風のなか走りに出ようとしたときは、さすがに家族に止められたけれども。

それに、かすかな望みはまだ残っているのだ。

ランナーたちが参加しているソーシャルメディアで、貴志はKasuminというメンバーの書き込みを見つけたからだ。

「Kasuminです。今年から東京暮らしです。慣れない都会だけど、走ることで自分をなんとか保っています。せっかく東京にいるんだから、東京マラソン参加目指してがんばります。ランニング仲間のみんな、新宿で待ってるよ！」

なるほど、霞のようにかすかな望みではある。けれども、確かな望みでもある。

「召された」

貴志はそう思うことにした。

いびきが月に届くまで

前野健太

前野健太（まえの・けんた）
一九七九年、埼玉県生まれ。シンガーソングライター。二〇〇七年にデビュー。アルバム『ハッピーランチ』、CDブック『今の時代がいちばんいいよ』といった音楽活動の傍ら、「すばる」連載中のエッセイなど文筆活動も。本書掲載作が初の小説となる。一七年、散文集『百年後』を上梓した。

私は作詞家である。

書いているジャンルは様々だ。アイドルの曲もあれば演歌もある。依頼されたら、その人たちの作品を聴く前に、なるべく現場に足を運ぶようにしている。ライブやコンサートの空間に身を置くことで、観客との間に息づくであろう言葉、歌詞がふと見えることがあるからだ。その人がほんとに歌いたいことは何か。今歌っている歌はちょっとちぐはぐなんじゃないか。観客をつかんだ時の立ち振る舞いは。もっとその人に合った歌詞があるはずだ。その人がこの言葉を放てば。そうやって歌詞を考えていくのは楽しい作業である。

その昔、作詞家の仕事はもう少し幅があった。会社の社歌や観光地の歌なんかも頼まれれば書いていた時代もあったが、今ではそういう粋な会社や自治体は少ない。依頼があったとしても広告のコピーのような短いものがほとんどで、嫌いではないので受けることもあるが、〝行間が泣く〟のは、やはり詞でなくてはいけない。私は淋しさを感じながらも自分では歌が歌えないので、歌詞を書き溜めてはチャンスをうかがっていた。

そんなある日、秋の色合いが濃くなる頃、私の元に一通のメールが届いた。よく知られたスポーツ用品メーカーからのものだった。メールの件名に「作詞依頼」と書かれている。本文を読むと、どうやら新作のランニングシューズについて、そのポスターに歌詞を書いて欲しいというものだった。シューズに特化しなくとも、走るということを感じられるような歌詞が欲しい、ということであった。文字だけで曲がついていなければ、それは「歌詞」ではないのでは、とツッコミを入れつつも、私はほくそ笑んだ。まだこういう会社があったのか。歌詞の可能性を信じている会社が。はやる気持ちを抑え、なるべく平静を装いメールを返した。それから何度かメールをやり取りし、どうやら後にこの歌詞が楽曲化され、ＣＭで使われる予定だということが分かった。走らなくてもいいので一度シューズを履いてみて欲しいということで、後日そのシューズが送られてきた。

派手なオレンジの蛍光色に黄色のヒモ。かかとには空気が入っていて、いかにもクッションが効いていそうだ。私はランニングをするための服を持ち合わせていなかったので、近所のスポーツ用品店へと向かった。実際に走ってみようと思ったのだ。これはアイドルや演歌歌手のライブに行くのと同じ。私は想像では歌が書けない。体の周りにある空気を感じて、歌心を捕まえる。よく歌が降ってくる、なんてことをインタビューで語っているミュージシャンがいるが、私にはそんなことはない。降ってくる、というより、体内から湧き出てくる瞬間が、束の間、ある。そんな感じだ。

よく行く場外馬券場の近くにスポーツ用品店が何店か並んでいるのを記憶していたので、近くに自転車を置いて店内に入った。たくさんのランニングシューズが並んでいて、どれもカラフルでカッコいい。私に依頼してくれた会社のシューズも何足かあった。もちろんひいき目で見てしまうが、そうでなくても、ランナーへの配慮が行き届いてそうな作りだなと、素人ながら何足か見て思った。

目当ての服は奥の方に並んでいた。あの街角でよく見かけるランナーの人たちが穿いているタイツというのかなんというのか、それもカッコいいなと思ったが、自分はそこまで本格的ではないので、半ズボンを買うことにした。ひざ丈、ひざ上、ひざ下。いろいろあるが他のものより少し安いものを選んで、試着させてほしいと店員へ伝えた。お好きなところへどうぞ、と言われ三つある試着室の真ん中を選び、中へ入ると店員がカーテンを閉めた。私は勢いよくズボンを下ろしたが、鏡に映った姿を見て慌てた。グンゼの白のブリーフだったのだ。あ、またやってしまった、と思った。この前酔っぱらって歌舞伎町付近で声をかけられ、中国人のマッサージ店に入った。ダイジョウブ三〇〇〇円ダケダカラァと言われ中に入りズボンを下ろすと、ナアニオ兄サンデッカイパンツ！　と笑われたばかりのブリーフ。今流行りの小さいカラフルなブリーフではなく、でっかい白の昔ながらのブリーフ。これはワケあって二枚ほど買ったのを、穿き心地が良くてついつい普段から穿いてしまっていたのだが、まあとにかくささっと着替えてそれを買うことにした。しかし店員に見られることはないのに慌ててしまうのはどうしてだろう。

店内では二着二九八〇円のランニングシャツも買った。それから靴下。あとは扁平足の方に、と書かれたインソールというもの。これは五〇〇〇円くらいと高かったが、履いて行った例のシューズのインソールを外し、そのインソールを入れてもらった時にびっくりするほど気持ちよかったので思わず買ってしまった。昔から扁平足というのが自分では欠陥だと思っていた。小学生や中学生のプールの時、プールから上がって歩いていると、プールサイドについた水の足跡が、自分のだけぺたんとなっている。他の人のは土踏まずが綺麗に欠けていて、なんで自分だけ、と思っていた。なのでこれは意地でも買わなければ、と思った。

家に帰ってさっそく走ることにした。ランニングウェア一式に着替えると、なんだかワクワクしてくる。小学生の時は長距離走が得意だったのだ。まず自宅のある新宿一丁目から皇居を目指すことにした。皇居の近くを通るとき、走っている人がたくさんいるなといつも思っていたからだ。新宿通りをまっすぐ行けば四谷、麴町ですぐ皇居にぶつかる。ただ土曜日の夜、四谷三丁目から四ツ谷駅にかけては飲み屋がたくさんあり、知り合いに会う可能性がある。それは避けたかったので、坂を下り靖国通りへ出ることにした。

最近出来た富久クロスという五十五階建てのデカいマンションを見上げる。入居が始まったばかりで、まだ全室の灯りはついていない。今は半分くらいだろうか。今後走るとしたらこれを目指して帰ってくればいいんだな、とライトアップされた上の方を見つめる。さすがクッションの効いているシューズ、久しぶりに走っているのにまったくしんどいと感じない。ゆっくり走り曙橋に着く。その時何かいつも感じない匂いを察知した。ハンバーグ屋の匂いだろうか。ああ、走ると匂いに敏感になるのかもしれない。私はすでにひとつの楽しみを見つけた。そのまますたすた走ると防衛省の近くで警察官が三人、ローソンの中を眺めている。事件なのだろうか。それを横目でやり過ごし走る。そういえば今私はヒゲを伸ばしっぱなし、髪ももじゃもじゃなので、もし普段着で走っていたらこの人たちに怪しまれていただろう。そういう意味でも形から入ってよかったと思った。

少し走って行くと左手にホテルのようなものが見え、そこで初めてランナーとすれ違った。私は皇居ランどころかランニングのエチケットも知らないので、バイクの人たちが田舎の国道でやるような、すれ違う時にやる挨拶をした方がいいのかどうか迷いながら、結局下を向いたままますれ違ってしまった。でも相手は黙々と走っていたのでたぶんこれはやらなくていいのだろうと判断した。

市ヶ谷橋を渡って九段下の方へ向かう。その時ドブの臭いがして私は嬉しくなった。橋を渡る一〇〇メートルくらい前から漂いはじめていただろうか。電車がどどーっと走っていて、この臭いがして、都会がぐわんぐわんとうごめいているように感じた。こういうのも走る人たちを魅了しているのかもしれない。橋を渡って靖国神社の脇を走る時には、銀杏の強烈な香り。鼻で呼吸していたその一定のリズムを狂わすような香りが、体内を脳内を巡る。ああ銀杏の樹も走っている。樹は立ったまま眠っている、や、樹は立ったまま血が流れている、そんなような文句をどこかで見かけたことがあったが、それに付け加えるなら、樹は立ったまま走っている、これではないか。私の体にどんどん街が侵入してくる。ドブの臭い、銀杏の香り、そして靖国神社の木の門に切り抜かれた菊の御紋から見えるライトアップされた森の宴。ここの樹々たちは元気に見える。神社の樹々は、なぜか大きいものが多い。まだ暑い頃ここを賑わせていた蝉は、とにかく強く夏を感じさせてくれた。

私はすでに都会を走るということに興奮していた。街の情景を歌詞に書くことも多い私は、自転車でぴゅっと走ってカフェに入って書いたり、商店街をぷらっと歩いて喫茶店に入って書いたり、そのようなことを繰り返していたが、自らの足で走ることこそが街のうごめきをとらえるのに最適だと感じ始めていた。しかしどうしたことか、やはり、さすがに日本武道館を過ぎたあたりでストップしてしまった。足が重くて走ることができない。仕方なくしばらく歩くことにした。

ようやくお堀に着くと、白い水鳥が一羽、濠に浮かんでいた。私が立ち止まって柵に足をかけていると、ゆっくりとその水鳥がこちらへ、すーっと音もなく近づいてきた。私は不思議な感覚にとらわれた。水鳥の姿が、自分の体ぐらいに大きいのだ。これは説明するのが難しいのだが、この時、私と水鳥は同じ大きさに思えた。実際は水鳥は私の半分ぐらいなのだろうが、同じ背丈で「こんにちは」と言い合っているような感覚になったのだ。絵本のワンシーンのようだった。普段だったらこうは思わなかっただろう。

さっきの、樹が走っている、と感じた時とまた別の感覚で、水鳥が私の中に入ってきた。

目的の皇居ランのコースまでたどり着く前に左手に毎日新聞社が見えた。あ、ここには知り合いの編集者がいるな、と私は思った。その人は私を最初に作詞家として商業誌で紹介した人で恩がある。今は疎遠になってしまったが、というより作詞家なんて流行らないから別段気にも止めなくなったのだろう。ばったり会うのもなんだかなと思い、すたすたとまた走り始めた。こういう時にランニングはいい。走っても、いや走ってる時の方が自然な姿に見られるから。

ふと気付くと、目の前を続々とランナーの群れが駆け抜けている。これだ。ようやく皇居ランの周回コースにたどり着いたのだ。皆他人なのだが、オッス、という感じでその流れに身を投じた。

皇居の周りは樹が生い茂っていて、最初に見えた交番が山小屋のようでなんだか懐かしい気持ちになった。山の中を走っているような、都会の中心とは思えない心地よさ。私はもう限界だったので、新宿通りとぶつかるところで四谷方向に曲がって帰ることに決めた。もう半分は次の楽しみに取っておこう。

それから信号を渡って新宿通りを四谷の方へと歩き始めたが、あ、このラジオの放送局も一度仕事で来たことがあったと思い出した。それは「作詞家は滅びたのか」という特集だったか。私はこの時いかに作詞家こそが詩人か、という熱弁を振るったが、熱くなればなるほど、スタジオの雰囲気は白けた。そんなことをぼんやり思い出しながら信号を渡ると、前にいたランナーがちらっとこちらを振り向いて、ケッ、という感じで私の全身を一瞥した。何かウエアとシューズのバランスがおかしかったのだろうか。その人はどこかのマラソン大会のシャツを着ていたので、フルマラソンを走っている人なのだろうか。私は、いやいやこれは取材でね、まあちょっと見た目はまだまだかもしれないけどさあ、と心で言い訳をしながらも、少し闘争心のようなものが芽生え始めていた。このやろう。まあ今日はもう帰るが次はもう少し立派に走るよ、という気持ちで彼の視線に耐えながら帰路についた。

四谷で人が多くちょっと恥ずかしかったので、荒木町の手前で右に折れ、ぐるっと回り道して最初のランニングは終わりにした。

私は帰ってから、賞味期限が切れそうな卵を茹でながら、歌詞を考えていた。

今日の収穫は「樹も走っている」「ドブ川の臭い」「銀杏の香り」「靖国の森」このあたりだろうか。これがどう歌詞に反映されるかまだ分からない。

翌朝起きるとやはり筋肉痛であった。半ばそれを楽しみにしていたので想定内といったところだろうか。その日は走るつもりはなかったのだが、歌詞の締め切りが割と近かったので続けて走ることにした。少し体がだるかったので、夜遅くに近所の御苑の脇道を走る程度にとどめておいた。

マンションの下からゆっくり走り始めると、いつも気にならない電信柱がこちらを見ているような錯覚に陥った。そうか。電気も走っているということか。前の日から続いている感覚が蘇り、この日も何か起きそうな気がしてきた。大木戸門まですぐに着き、そこから新宿門まですたすたと走った。たいした距離ではなかったが、金木犀の香りにのけぞりそうになりながら夜の空気を吸い込んだ。

新宿門に着く手前では、草むらの陰にホームレスの人が寝ているのが見えた。寝袋にくるまって傘で上半身を覆っていた。その人の脇をゆっくり歩いたが、通り過ぎる時に大きないびきが聞こえてきて、瞬間、なぜかうれしい気持ちになった。屋外で聞くいびきってのはこんなに気持ちのいいものなのか、と。夜空にはくっきりと三日月が浮かんでいて、いびきとの相性の良さにさらに夢見心地な気分になり、私は、これが歌になるのかもしれない、と思った。忘れないうちにノートに書いておこうと思い家路を急いだ。

家に帰り、シャワーは浴びずにウェアだけ着替え机に向かうと、さっきの月といびきがどう絡むのか考えた。三日月にいびきがひっかかる、というフレーズが出てきて書き留めた。前の日の出来事も思い出し、ドブ川の臭いはどうしても入れておきたいと思い、入れてみた。それからシューズの気持ちになって書き進めてみたがどうもしっくりこない。もう少し全体が走っている感じが欲しい。シューズという明確なものでなくても、走ること自体が夢見心地となるような。風景が走っているような。絵本のようなやわらかい表現だけど、その世界に現実と同じ強度の風を吹かせることができなければ、作品は遠くへは届かない。寒さと暖かさを同居させたい。そうだ、ホームレスの人のいびきが月に届く、という雰囲気はどうだろうか。私は指をパチンと鳴らした。詩が生まれた瞬間だった。

そこからはもう早かった。だーっと書き上げ、メールで送り完成となった。

翌日すぐに担当者が電話をくれた。よく分からないけどいいですね、と、そう言ってくれた。私はこんな仕事ならいつだってしたい、と返した。

「いびきが月に届くまで」

宿なしのオッちゃんの
いびきが月に届くころ
私は街を走りたくなる
お気に入りのシューズに足をいれて

街の中を走っていると
街もぐわんと走りだす
どぶ川の臭いで思い出す
私もただの生きもの

季節が走ってゆく
電気も走っている

私が眠ってるあいだに
はち切れそうな花のつぼみ

宿なしのオッちゃんの
いびきが月に届くまで
夜はずっと走りつづける
お気に入りの風に足をいれて

メールのやり取りの最後に、ちょっと宮沢賢治を思い出しました、と担当者が書いていた。もちろん悪い気はしない。が、私は賢治を読んだことがない。今度彼の詩集を読んでみたいと思ったが、読まなくてもいいのかもしれない。

これは少し余談になるのだが、私は仕事を終えたにもかかわらず、皇居の半分が残っているのが心残りだったので、ある日の夕方、走ってみることにした。
残り半分は大通りで車の数も多くせわしなかった。ビルもまたデンと構えていて、私は目眩がしそうになったが、だんだんと日が沈みかけて来ると、夕景のあまりの美しさに何度も足を止めてしまった。いったいこの美しさは何であろうか。ビルの間から見える小さな東京タワー。慎ましやかな東京駅。濠の中で羽根をぱたつかせ水の波紋を広げるカモ。私の体の中にまだ何かが入ってきたような気がした。

藤村加奈芽の
ランニング・ストーリー

古川日出男

古川日出男（ふるかわ・ひでお）

一九六六年、福島県生まれ。九八年デビュー。二〇〇二年『アラビアの夜の種族』で日本推理作家協会賞・日本SF大賞、〇六年『LOVE』で三島由紀夫賞、一五年から一六年にかけて『女たち三百人の裏切りの書』で野間文芸新人賞と読売文学賞小説賞を受賞。『平家物語』現代語訳や戯曲執筆なども手掛ける。

わたしは、しかたがないのでコンビニエンス・ストアに足をむけた。なんだかそこからはじめるしかないと思った。雑誌コーナーの前に立っていれば、まあ、イメージが少しは湧いたりするだろう、と。いずれにしても、しめきりは迫っているのだし、その原稿の依頼をひきうけたのはわたしだ。なんでもいいから、ひねり出す以外にない。

それにしても、ランニング・ストーリー？

そんなもの俺は書きたいのかな、とわたしは思った。短篇なんて、あんまりほいほいひきうけるもんじゃないな、ともわたしは思った。もともと長篇作家というタイプなのだ。運動競技でいったらばマラソンむき。

ああ、そうか、そういう話にすればいいのか——。

店内がいつもと違う雰囲気であることに気づいたのは、そのときだ。眉間にしわを寄せすぎていたのでそれまで察知できなかった。ずいぶんと人の気配がない。

人、というのは店側にとっての〝お客様〟のことだけれども。もしかしたら、わたし以外にいないんじゃないのか？　珍しい。

「ども」と店長が言った。

わたしが思わず、レジのある一角に事態を確認するような視線を送ったためだ。

「こんにちは」とわたしは返した。

「書けてますか？」

「書けてません」

「うわあ、きついなあ」とそのオーナー店長は言った。

「そうだ、サントリーの天然水……」

「冷えてますし、在庫もオッケー。そこのとこはフレンド、フレンドですよ」

「ありがとう」

言って、わたしは飲料水コーナーにむかった。

いまのフレンドとは何か？　もちろん友人を意味した。このオーナーとわたしは友達関係にある、ゆえに仕入れには私情をまじえる、ということだ。といっても、目下はミネラル・ウォーターの品揃えに配慮してもらっているというだけだけれども。しかしながら、コンビニエンス・ストア業界の実情を斟酌《しんしゃく》するならば、そうとうな配慮だ、といえることもわかっている。

いかにしてわたしとオーナーはフレンドシップを結んだか。そもそもわたしの購買行動が、どうにも慎重でありながら目立ったせいだ。東京都心部の、この、ＪＲ沿線ではあるけれども週末と祝日には快速電車の類《たぐ》いが素通りするマイナー駅の界隈に暮らして、すでに十二年が経つ。その間、このコンビニエンス・ストアはわたしの住まいの三軒隣りにありつづけたのだけれども、当初はべつのチェーンに加盟していた。つまり、異なる名前だったのだ。その後に業界最大手だか二番手だかと契約して、暖簾《のれん》をかえて、客足もぐんとのばした。その頃から品揃えが一変し、それはまあ、本部のアドバイスというか「指導」があるのだから当然なのだろうが、わたしもまた目立ちはじめた。

　わたしは作家だ。日常的に小説を執筆している。それを生業《なりわい》にしている。そして、どの職種にもあるような七つ道具がわたしにもあった。嗜好品がなければわたしは書けない。喫煙しながらの執筆を愛する作家もいるだろうし、真夜中にコンピュータにむかうのがメインであり、必然（……必然？）蒸留酒《ハード・リカー》をあおりながらという同業者もいるだろう。しかし、わたしはもっとヤワだ。

　具体的にいこう。かつてのわたしはペットボトルに入った炭酸飲料を飲みながらでなければ書けなかった。飲みながらというか、デスクに置きながら。コカコーラかペプシコーラかを問わず、何種類ものコーラを揃えた。執筆のスターターはダイエット系で、それからレギュラーのタイプ、いきづまるとフレイバー系に代えるのだ。どうぞ、あきれて嗤《わら》ってほしい。しかし自分の「状態」を変えること、あるいは全身全霊で、それこそ体まるごとで執筆にダイブするためには、アスリートなみに競技ちゅうの「摂取物」を意識する必要があったのだ。

が、じきに、炭酸飲料は手放さざるをえなくなった。副作用がきた……胸焼けだった。しゃれにならないひどさで、これじゃあ食道癌を誘発するんじゃないかと思った。そこまで懸念した。

だからガムに変えた。

チューイング・ガムに軌道変更だ。それもボトル容器入りの。ロッテのキシリトール、明治のキシリッシュ、こうしたものには「リラックスミント」だの「ライムミント」だの「アップルミント」だの多様な種別があって、まさにわたしが嗜《たしな》んだコーラ類に匹敵した。スターターはクール系かブラック系で、筆がとまったらリラックス系で、と柔軟に対応すればよい。

さて、こうした秘密の嗜好品（かつてのコーラ、その後のガム……）を、わたしは日々、どこで購入していたのか。

このコンビニエンス・ストアだ。

わたしが決定的に目立ったのは、それまでコーラばかり何種類も買っていたのに、突然コーラ断《だ》ちし、ガムばかりを仕込むようになった瞬間と、それからガムをやりすぎて顎を痛めてしまい、背に腹はかえられずに水に切り替えた瞬間だったと思う。水。わたしはミネラル・ウォーターに軌道を変えたのだ。ミネラル・ウォーターならば、ばっちりだ。硬水があり、軟水がある。国内産の水があって国外産がある。ここも具体的にいこう。伊藤園のエビアン、キリンのボルヴィック、そしてアサヒのおいしい水「六甲」、おいしい水「富士山」、そういった多種類の水からの選択は、もちろんコーラ・ガム類に匹敵したのだ。これは真剣な話である。そして、ペットボトルの水を買うのは、もちろんこのコンビニエンス・ストアだ、すでに説明し終えているわけだけれども。わたしは、この二つのタイミングで決定的に目立ち、つとめて普通の客でありつづけてきたのだが「あの人」として知られるようになり（という事情を、のちに聞かされた）、わたしはわたしで、お店の暖簾がかわったタイミングで店長がかわったこと、それまでバイト店員の一人だと思っていた同年配の男性が店長プレートを胸もとにつけ、もとのオーナー店長の息子だったことが判明したことで、「この人」を徹底的に記憶した。

あとは、二年前にひとひねり、ふたひねりがあっただけだ。オーナーが読んでいた新聞に、わたしが新刊書のプロモーションがらみで寄稿する、そこには顔写真が添えられていて、正体がばれる。そのあと二、三カ月して、地元の焼き鳥の名店（軍鶏《しゃも》肉を出す）のカウンターで偶然に隣り合わせて、そこではごく自然にフレンドリーな会話を交わす。まるで旧知の間柄であったかのように、わたしたちは話しはじめたのだ。まあ、こういったことはままある。あまりないのは、わたしがオーナーから「コーラ、ガム、ミネラル・ウォーターの事情」を問われて、まさにさきほど解説したあれやこれやを同様に説いたことだろう。

しかも熱を込めて。

オーナーは深々とうなずきつづけた。軍鶏の心臓肉《ハツ》を追加注文した。

わたしもそうした。

で、わたしたちはフレンドシップをむすんだのだ。

「ところでさ」わたしはレジにもどってから言った。

「いまは閑古鳥ですよ」とオーナーは問われる前に答えた。にこにことして。

「そうそう、それ。お客さん、いないね？」

「ちょっとね、魔の時間帯なんです」

「そういうの、あったっけ？」

「三丁目に新規出店のコンビニが、いきなり二つできたでしょう？　それでね、この時間帯は、流れがかわっちゃって」

「ああ、そういう……」

「まあ三十分だけです。昼にはもどります。それに、出店の一軒はうちとおんなじチェーンの加盟店だから、本部の社員からは『一致団結しなさい』なんて言われちゃって」

「指導だ」

「またまたコンビニ戦争ですよ。友軍、敵軍、そして兵糧《ひょうろう》攻《ぜ》め。ほんとにねえ、品揃えに関しての本部の指導、ここ数年ひどいですからねえ。あ、もちろん、アイスとカップ麺とポテトチップスの仕入れはデータ優先にしても、ミネラル・ウォーターはべつですから。フレンド、フレンドを書かせるためのラインナップ。そこは死守です」

「書けてないんです」

「うわっ、そうだ。きつかったんだ」

「それでさ、ここに偵察にね」

「来たんですね」

「そう」

「偵察？」

「雑誌の。今日明日でとりかかろうとしているの、雑誌の仕事なんですよ。スポーツ誌の。そこに小説を発表して、なにかこう、読者を走りださせるっていう……」

「走るってなんですか？」

「ランニング」

「読書して？」

「短篇を読み終えて。健康のためのエネルギー源となる文学作品、みたいな？　いや、

自分で言っててむずかしいよ。そもそものスポーツ誌とか、雑誌全般とか、そういうの
の佇《たたず》まいをたしかめ――」

　出入り口の自動ドアがひらいたので、わたしは反射的に口を閉ざした。雑談は営業促進であり、しかし新たにおとずれる〝お客様〟たちには営業妨害である。ときに。そのことを、わたしは、一人の都市生活者として留意している。わたしはフ、レ、ン、ド、だからこそフレンドシップを楯にとらないのだ。が、視線をむけたさき――扉――にいたのは、予期した〝お客様〟ではなかった。店の制服を着たスタッフだった。バイト店員の女の子だ。

「店長、外の掃除は終わりました」

「じゃあ、こっちにまわって。レジ・カウンター。煙草のカートン、在庫を確認しといてもらえる？」

「はい」

と言いながら、その女の子はわたしに目礼して（わたしが「あの人」であり、また作家であることを承知しているためだ）、わたしもおなじように目礼を返した。

「それで」とオーナーはわたしに言う。「なんでしたっけ。佇まい」

「インスピレーション源に、なるかなと」

「なんか、それ、立ち読みにきたい、い、わけじゃないの！」オーナーは笑った。

「でも、立ち読みも必要でしょう」とわたしはつづけた。「ひと昔前のコンビニだったら、雑誌コーナーに人がたまっているから、そういうのが『あなたも入ってらっしゃいな』って誘蛾灯になった気がするなあ」

「一概《いちがい》にはね、言えないですよ」

「そうなの？」

「雑誌に対しての、若い連中のイメージが……ねえ藤村さん？」

オーナーはうしろにいる店員に呼びかけた。女の子だ。胸もとに「藤村」と書き入れたプレートを付けているから（文字は手書きだった）、わたしも名前で認知している。たしか二週間だか三週間前に雇われた。カウンター内のシンクで、手を洗っていた。

「雑誌ですか？」と答えた。

背が高い子だった。一七〇センチは超えている。十代の終わりか、二十歳《はたち》になったばかりだと思う。

「読む？」

「読まないです」と答えた。

「本は、読まないんだよね」とわたしは言った。

「読みますよ」と平然と答えた。

「藤村さんは優秀でさ」とオーナーが、わたしと同年配であることを意識してかタメ口で言った。「たとえばお店のマルチコピー機、その全部の機能を一日で、い・ち・に・ち・で覚えちゃったよ。アルバイトなんてもったいない」

「正規に雇いたいんだ？」

「雇いたいよお」

「長時間勤務は、ちょっと」と本人は苦笑した。

「で、コンビニに雑誌コーナーって、要る？」とオーナーが質問をつづけた。

「うーん、わたしたちは、なくとも……」

「ほら、誘蛾灯じゃない、ない《い》、ない《い》！」

「そうか」とわたしは言った。「いずれはインスピレーション源は、消えるか」

「でも、まだインスピレーションはもらってないんじゃ？」とオーナー。

「そう。いまだランニング・ストーリーはわが脳裡に現われず」

「ランニング・ストーリー」

とオーナーが復誦して、それから意外なことに、

「ランニング・ストーリー」

と女の子も復誦した。

「もしかしたら」とわたしは訊いた。「藤村さんは、走る？」

「スポーツの？」

「そう」

「積極的には。わたし、子供のときには走る乗り物に乗るのは好きだったんですけど」

「どんな」

「都バスとか、東京メトロとか。あっ、地下鉄ですけど」

「知ってる」

「ですよねえ。でも、ランニング・ストーリーなら、わたし一つあるかも。実話を語れるかも」

「出たよ！」とオーナーが歓んだ。「ほうら、優秀ガールだ。じゃあ、バックヤードのほうは僕がやってるから、ここでレジ見て、カートン確認して、それでスランプの大先生を助けてやって」

大先生かよ、とわたしは苦笑した。

女の子もまたもや苦笑していた。

「では、魔の時間帯のうちに」とわたしは言った。

「なんですか、マ？」

「お昼前のこの時間帯。三十分弱？　その、暇であるうちに」

「そんなにかかりません。三分です、話すの」

「短いんだったら追加で訊いておこう。藤村さんって、情報提供者だから」

「ジョウホウテイキョウシャ」

「実話の。提供者になるわけだから、名前も教えてもらえればうれしい。藤村なに?」

「三文字です」

「三文字ときた」

「加えるに奈良の奈に木の芽の芽で、カのナのメの加奈芽。藤村加奈芽です」

「藤村加奈芽さん」

「かつては天王洲《てんのうず》のオンナでした」

「なんだよ、それ」わたしは吹きだした。

「その、人呼んで天王洲のオンナって、そういう感じで生きてました。品川区の、湾岸のあのあたりにいて。天王洲運河にかこまれている、埋め立て地ですね。ほら、天王洲アイルのある」

「わかる」簡潔に言って、うながした。

「それで、これ、震災の話なんですけど、かまわないですか?」

「かまわないよ、加奈芽さん」

「ありがとうございます。アイル橋っていうの、あるんです。運河に架かっていて、両岸のふたつの公園をつないでいて、吊り橋みたいな。ほんとうに吊り橋なのかなあ、でも見た目はそうです。テレビの、その、いろんなドラマのロケにも使われそうな、いかにも湾岸なおしゃれな橋ですね。公園と公園のあいだだから、ランナーも多いです」

それから藤村加奈芽は、視線をレジの、ある片隅に落とした。わたしは追った。募金のケースがあった。どこかの台風被害のための義捐《ぎえん》金をつのっていた。一円玉が、いちばん目立った。

「あの震災のとき、午後、揺れたのは午後ですよね、わたしはアイル橋にいたんです。ランナーもいっぱいいたんです。走って。そして、すごかったですよ。あの揺れかた。まわりから悲鳴がいっぱい聞こえた。家族連れが多かったんで、公園のママさんたちとか、それからわんちゃんの、犬のママさんパパさん、飼い主さんたちですね、全員たいへんでした。でも、わたしが呆然としたのは、走っている人たちがとまったことです。みんな、地震が起きて、でも停まるのに時間がかかったんですよ。

それがスローモーションみたいで。

結局は停まるんですけど。女の人だったら、しゃがみこんじゃったり。

そう、なんて言うのかな、まずはランナーがスローにスローになって停まるところから、はじまったんです。

このストーリーが、はじまったんです。

あのあたりは海抜は二メートルとか三メートルとかで。そこいらじゅうに海抜標識があるから、わたしとかアイルのわたしたちの、その頭には叩き込まれています。もちろん運河には水門があります。ただ、こわかったですね。自宅《うち》にもどって、ニュースをつけて、余震もあって、テレビのニュースではとうとう、津波の報道がはじまって、こわかったですね。

たぶん一週間は、わたしは震えていました。地震を起こしていたのはわたしです。

そのあと、あっ、これは雑誌の話ですね、わたしも雑誌を読んだんです。そういうときには雑誌に飢えたのかもしれない。情報ですね。即効性のある情報っていうか。でもネットよりは固まってるやつ。そして、ある写真家の、たぶん人気のある写真家ですけれど、その人の記事を読んだんです。もちろん写真もその人のです。被災地を撮っています。それで、こうあったんですね、『現地を見ないで発言するな』みたいな。

それで、わたし、違和感を覚えたんですね。

こんなにこわいのに、なぜ、いけって煽動するんだろうって。

いけないの、あたりまえだろうって。

写真家だから、肩書きがあったから、いけたんだし撮れたんだろうって。

そのことに、わたし、いきどおったんですね。

それで、わたし、いったんです。

震災直後ではないですけど。もちろん、違いますけど。でも生々しい被害のうちにっていうか……。わたし、それで、写真を撮ったんですよ。いっぱい撮りました。デジカメで。わたしみたいな、資格のない人間が、乱暴に現地に入り込んで、『ええい！』って。それで……。もちろんＰＣには画像データを保存しましたけど、デジカメのカード、メモリー・カードには、その、四〇〇枚だったかな？　消さないで残したんですね。残しつづけて……。

どこにも発表しなかったし、誰にも見せてないんです。

これはきっと、わたしなりの落とし前のつけかただって、そう思ってたんです。

デジカメは、その機材そのものは使いつづけました。もちろん、いいカメラだったので。

そして、このデジカメは、東京で、つい二カ月前に、盗《と》られました。つまり盗まれたんです。けっこう大胆に。三十になってないパーカを着た男に。その男、オープン・カフェの席に置いたカメラを、ぱって奪って、それから走ったんです。もう、いっきに走ったんです。すごいランナー。

わたしは追いかけられなかった。

でも、思ったんです。このいまも思うんです。保存されている画像は、きっと、たしかめただろうなって。それを見たんだろうなって。たとえ一瞬でも。

わたしのランニング・ストーリーは、これだけです」

走る男

岩松了

岩松 了（いわまつ・りょう）

一九五二年、長崎県生まれ。劇作家・演出家・俳優。八九年『蒲団と達磨』で岸田國士戯曲賞を受賞。九三年に紀伊國屋演劇賞個人賞、九八年『テレビ・デイズ』で読売文学賞戯曲・シナリオ賞を受賞。監督映画『たみおのしあわせ』、主演映画『ペコロスの母に会いに行く』、小説「乏しい愛の顚末」など幅広く活躍。

先輩の結婚生活についての深刻な告白を聞いてから一週間後、再び呼び出しを受けて、私は雨の中その喫茶店に向かった。かねてから先輩の生き様、考え方に共感と尊敬の気持ちを抱いていた私は、あの日の告白が驚くべき内容だったにもかかわらず、自らの行いを「犯罪」だと言った先輩の言葉を否定し、その行いを懸命に弁護したのだった。だから、急に呼び出しの電話を受けた時、先日につづくさらなる熱を帯びた告白を期待したが、意に反して先輩の態度は冷ややかなものだった。いや、むしろ先日の告白を無きものにしようとしている、私にはそう思えた。時折訪れる沈黙は、私をいたたまれなくさせた。たまりかねた私は、先輩の告白を、その再燃を期待して、準備していた話をした。それは、あの告白をした先輩がこの話にどんな意見を持つのか知りたかったからだった。

走る男の話だった……リュックを背負った背広姿の男。バスがバス停にたどり着く、そのバスを追っかけるように走っている。運転手は急いでいるはずのその男が乗れるように、他にバス待ちの客もいないそのバス停で止まり、男がたどり着くのを待った。乗り口のドアを開けて。男は走ってくる。乗客たちも窓から見えるその走る男に、ほらもうすぐだ、走れ、走れ、と半ば応援するような心持ち。だが、おう間に合ったとばかりに乗客たちが安堵したその時、男は止まっているバスに見向きもせず、そのまま走り続けたのだ。皆が皆「え……⁉」と固まる。運転手はと言えば、事態を見届けるや片頬で笑ったという。そして、空しく開いていたドアを閉め、バスを発車させた。やがてバスはその男を、当然追い越すことになる。それがちょうど信号待ちのところになった。男もバスも、止まる。男は足踏みを続けながら信号が青になるのを待っている。乗客たちは、先刻とは違う表情で窓の外の背広にリュックの男を見ている。囁きあう者たちもいる。なんだあの男は？　走ってるだけか？　全然見ようとしないぞ、こっちを。ん？屈伸運動を始めやがった！……やがて信号が青になり、バスがまた男を追い越すことになる。乗客たちは、追い越される男を振り返りながらやっと笑うだけの余裕を取り戻している……。

話を聞き終わった時、先輩はたいそう不機嫌な表情になっていた。話を聞いている間も、コーヒーカップを持ち上げては時折、私の右後方に視線をそらし、何か別のことを考えてるから、とでも言いたげではあった。

「先輩はどう思いますか、この走る男のこと」

「先輩って……」

苦い顔をして首を横に振った。それが「興味なし」を意味するのか、私のことをあきれた奴だと言うための振る舞いなのか、私は判じかねた。

またしても私の肩越しに視線を泳がせている。そのせいか、私は先刻から右の背中に何か重いものを背負っているような感覚に苛まれていた。

先輩は深い溜め息をついたあと、窓の外を見上げ「雨もあがったな」と言った。それもまた私の話から逃れるための何気ない言葉ではあったろう。この喫茶店に入った時は、まだ雨が降っていた。窓の外、通りの向こうに見えるバス停も雨に煙っていた。私は先輩の反応に並みならぬ期待を持って「走る男」の話を始めたのだった。今は午後の3時を回り、傘を閉じた人たちがバスを待っている。窓辺の造花には淡い光さえ射しはじめていた。先輩は、造花のほこりにフーッと息を吹きかけた。

「こびりついてる」

笑うのは私の役目のようだった。

光は私の体を横切って右後方に伸びている。私は床に伸びた光を目で追う……と、その光の中に黄色いスニーカーが見えた。男の足だ。右後方の席に座っている男がいたのだ。そうか、先輩は時折、この男を見ていたのか。私が感じていた重いものは、この男の存在に違いなかった。さすれば、と私は思った、私が懸命に先輩にしていた話を、このスニーカーの男も聞いていたのにちがいない。

先輩は、窓の外を見ている。

私は、頭をかかえる体勢で右後方のスニーカーを盗み見た。椅子の前できちんと揃った左右のスニーカーは、男の人柄を教えているようだった。「真剣なものだけが私の信じられるものです」そう言っているように思えた。

「それからも何度か見かけられてるんですよ!」私は言った。

窓の外を見ていた先輩は、私の真意を探るように、しばし私の顔を凝視していたが、言葉は吐かず、また視線を窓の外に戻した。

「その走る男がですよ!」

先輩は、あたかも聞いていないという態度をとろうとしているように思えた。私はスニーカー男の顔を盗み見ようとした。先輩の声がした。

「ただの愉快犯だよ。バスの運転手の親切をちょっと弄《もてあそ》んだだけさ」

「先輩の口からそんな言葉を聞くとは思わなかったな。だって先輩、教えてくれたじゃないですか、事象の表層だけを見ちゃいけないって!」

私は自分の言葉がすでに、後方のスニーカーの男に向かって吐かれていることを感じている。興味をもって聞いてくれる、それがわかれば、そう感じられれば、その人に向かってしゃべるのは当然のことではあるまいか。

「その先輩って言い方ね、やめにしないか。いつまでも学生気分が抜けないんだなキミは」

「だって先輩ですから」

「オレはね、キミに結婚をすすめるよ。しかるのちに、今のその走る男のことをじっと考えてみればいい。ちがった見え方がすると思うよ」

「結婚⁉　いきなり何ですか、それこそ表層じゃないんですか？」

「表層なもんか！　表層なんかじゃない。キミに足りないのは配偶者がいる、その社会性だとオレはかねがね思ってるんだからな」

そして、ちょっと苦笑いしたように「ああ、こんな言い方をしてるから先輩なんて言われるんだな」とうつむいてみせた。

いつの間にか黄色いスニーカーが消えていた。私は思いきって後ろを振り向いた。テーブルの上に、飲み干されたコーヒーのカップがあるだけだった。急に支えを無くしたような気持ちがした。私は感情が昂るのを抑えられなかった。目尻には涙さえ浮かんでいたと思う。それほどまでに無関心を装う先輩の態度が、私には理解し難いものだったのだ。

「じゃあ聞きますけど、この前、ここで先輩が話してくれたあの話！　先輩が奥さんの可愛がってるペットを殺した！　これは表層じゃないんですか⁉」

「表層だよ！　それこそ表層さ！　だからオレはその内実をキミに説明した、そうだろ？　それはペットを可愛がるってことの意味を、真の意味を考えるべき問題がそこにあったからさ！」

「そうですよね！　だからボクは先輩を弁護したし、今でも先輩が正しかったと思ってます！」

「もうやめてくれないか、その話は」

先輩は、店員を捜すように振り向いて、手をあげると「お勘定」と言った。店員は読みかけの漫画本を脇に置き「こちらでお願いします」と言ってレジに向かって歩いていった。

先輩から、ペットを殺したことをキミにしゃべってしまったことは失敗だった、ついてはそのことを決して口外しないでもらいたい、という電話があったのは、それから二日後のことだった。それを言うために一昨日は喫茶店に来てもらったが、言い出しかねた、と先輩は言った。……いなくなった子犬を奥さんは探しているらしい。近所の電柱に、バス停前の掲示板に、犬の写真とともに連絡先を記して。

先輩は、犬を可愛がる奥さんの姿に耐えがたいものを感じ続けていたという。営業の外回りをつらく感じていた彼は、奥さんにそのことで何度か相談をしたが、かといって他の仕事にありつけるわけでもないから、もうしばらく我慢してみたら？　という奥さんの意見に反論の言葉もなく、営業の仕事を続けていた。夜遅く帰宅した先輩は、いつものようにリビングで「可愛い、可愛い」と子犬を抱いて撫でている奥さんを見て、こめかみの血管がプチッと切れるような音を聞いた。まずい、と思って用もないのに「ちょっとコンビニに」と言って家を出たという。まずい、まずい、とつぶやきながら立ち寄る必要のないコンビニを通り過ぎた先輩の頭の中には、自分が奥さんの首を絞めている映像が繰り返し流れていたという。

いや、その前に、あの日のこと、喫茶店を出て、黄色いスニーカーの男に会ったことだ、問題は。電話を受けながら私は思い出していた……喫茶店を出たあと、先輩は通りかかったタクシーを拾った。自分が歩いている後ろ姿を私が見続けるのを嫌ったのにちがいなかった。私はどこに向かうとも決めかねて道を歩いていた。先輩の不機嫌な表情が私の気持ちを暗くしていた。今さらのように、私は先輩が「走る男」に理解を示すか、ただ笑ってくれるだけのことでもいい、という期待を持っていたことに思い当たり、そんな自分に漠然とした失望を感じていた。他人に期待するなんて弱い人間のすることじゃないのか。目の前に、空しく陽が照りつけていた。

歩道の植え込みの向こうに黄色いスニーカーが見えた。急に胸の動悸が高まるのを感じた。スニーカーは光の中にあった。ゆっくり歩いて植え込みまでくると、植え込みで見えなかったベンチに座った男が待ち受けたように私を見ていた。

「私の後ろに……」

「ええ、さっき喫茶店で、ずっとあなたたちの話を聞いていました」

近寄った私の影がまるごとスニーカー男の体にかかっていた。私はすぐに影をつくっている自分の体を男の脇に移動させて、男の体に日が当たるようにした。私はその男がまだ若くひどく色の白い美少年と言ってもいいような顔をしていることに驚いた。まぶしそうに光を避けた彼は、照れたように自分の足許、黄色いスニーカーを見た。

「ええ、なぜその男は走ったんだろう、それをずっと考えてました」

私はベンチの男の横に腰をおろした。

男は私の顔を見て、微笑んで見せた。いや、私にはそう見えた。前髪がその美しい額にかかっていた。

「それにしても、あの人は、何て言うのかな、すでに降りてますね、上るべき階段を」

「あの人ってのはさっきの先輩のことですね？」

「ええ、正当化出来なくなってるんですよ、自分の生き方を」

「階段？　正当化？　えー、わからないな」むしろ喜びに体を震わせながら私はそう聞き返したと思う。

「あの人、結婚は？」

「結婚！　してます！」

　私は思わず、夫婦で犬を飼ってます！　と言いそうになる自分をかろうじて抑えた。男が、それを聞きたがっているような気がしたのだ。が、それは早合点というものだろう、男はきわめて冷静だった。

「してるんだ……」と男は頷いて「なるほど」と言った。「どうしてでしょうね、一部の男は結婚するとそうなってゆく」

「そうなる、っていうのは？」

「正当化出来なくなってゆくんですよ。妻に対して自分の生き方を。そしてそれがそのまま社会人としての立場になってゆく」男はその美しい顔をまともに私の方に向けた。「正当化する必要があるってことは、わかりますか、そもそも正当化の難しい生き方をしてるってことなんですよ、男というものは」

　私は必死でその言い分と先輩の状況を照らし合わせようとしていた。正当化が難しい、なるほどペット殺しは正当化出来ないことかもしれない。いや、それは結果だから、それ以前のことを問題にすべきか？……などと。

　その時、男の囁くような声が聞こえた。声は、こう言っていた。

「あなたが話していた、あの走る男、あれは正当化への闘いなんですよ。彼にとって大事なことは、バスとはいっさい関係がないと見えなきゃならない、ということです。徹底的に関係があるのに！」

「関係⁉ どんな関係です、それは！」

「誰かが誰かのために施そうとする善意への警鐘と言えばいいかな。善意というのはこの場合、バスに乗っている人達の総意と言ってもいいでしょう。自分がその善意を受けてしまったら、結局は人が善意と呼んでそれ以外のものを排斥する、その者たちの無自覚な悪意に自らが与《くみ》してしまう！ その思いです。だからと言って自分はバスに乗ってる人達に悪意があるわけではない。ややもすればそう見えてしまうその危険を避けるためには無関係を装う必要があるということです」

「はあ……」私はそうつぶやくしかなかった。

「どうですか、似ていると思いませんか。夫婦の関係に。例えて言えばバスが奥さん、走っているのは他ならぬ自分。その自分について知らん顔をしたわけですから、これはもう降りてますよ、階段を」

私は恋でもしたかのように寝ても覚めても、あのスニーカー男のことを考えて過ごした。額にかかった前髪が濡れているように思い出されたのは、雨上がりの印象からだろうか。先輩からペットを殺したことを口外しないでくれという電話を受けたときのことが思い出された。その時先輩が恐れていたことは何だったのだろう。純然たる犯罪者としての恐れだったろうか。

妻がベッドに入ったのを確かめてから先輩は、犬を散歩に連れていこうとその首にリードをつけた。喜んだ犬がキャンキャンと玄関で吠えるので妻が「なあに？」と寝室のドアの向こうから言う。それに対して先輩は「ちょっと散歩に連れていく」と言って家を出た。かねてから「たまには散歩に連れていった方がいいよ」「連れていってるわよ」といった言い争いが夫婦間にあったらしい。「めったに散歩にも出れないのに、可愛い可愛いじゃ、犬も可哀想だろ」「あなたが居ない時に私は散歩に連れていってます」確かに奥さんの言う通りだったかもしれないのだ。なにしろ先輩は昼間はずっと営業の仕事で家にはいない。ただ先輩の中では、給料が振り込まれた次の日に、妙に明るくなる妻の態度と、子犬を「可愛い、可愛い」とあやしている姿が、しだいに同じものに見え始めた、という。あの無力な子犬は自分だ、そう見え始めたのだ。山道に入っていった先輩は一本の木を見て、それにリードをくくりつけた。そして、持ってきた黄色いゴムボールを放り投げた。犬は喜んでそれを拾いに走ろうとするが、リードで縛られているのでボールにたどり着かない。何度もそれを繰り返しているうちに、犬はボールに見向きもしなくなった。先輩は語りかけたという。「おまえ、こんなんじゃ生きてない方がいいだろ？　楽になりたくはないか？　わかるよ、おまえの考えてることは。違う生き方もあったはずだ、それだろ？　だけどな、そんな風に考えちゃダメだ。だって違う生き方なんてないからな。こうやって生きてる、その動かしがたい事実に対して、違う生き方なんてありえない。そうだろ？」

私は先輩からその話を聞いた時、涙した。その涙は先輩その人のことを思ってか、子犬のことを思ってか、今はわからない。ただ、これを犯罪と言っていいのか、そう強く自分に問いかけた、その状態だけは今もつづいている。

次にそのスニーカー男に会ったのは意外な場所でだった。私は駅の改札脇にある花屋で、花を見ていた。いや、買おうと思っていたわけではない。そう、ただボーッと見ていたのだ。色が華やかな方に目がいっただけ、たぶんそんな理由で。

「こんにちは」という声に振り向くと紺色の地味なスーツを着た男が立っていた。足許が目をひいた。黄色いスニーカー。まぎれもなくあの美少年だった。が、バスの営業所が近くにあることを知っていた私は、その一見奇妙な服装に、ただ「あ」とつぶやいて、咄嗟に「ああ、いや、別に買うつもりじゃ」と言い訳をしていた。

「わかります、目的があるってふうじゃないですものね」そう言って私の体をなぞるような仕草をし、つづけてこんなことを言った。

「孤独というものは、淋しい！　とか、一人ぽっちだ！　と叫ぶことじゃない。色のある方へ、音のする方へ、目的もなく近づいてしまう、その様子のことですからね」

「孤独？　何を言ってるんだ、あなたは」

しかし彼は「すいません、仕事中なんです」と言って、ポケットから紺色のネクタイを出し、それを締めながら交番を挟んだ花屋の隣の建物に入っていった。そここそが、バスの営業所になっている建物だった。

私はフラフラと花屋を離れ、その営業所の中を覗き込んだ。同じ紺色の背広を着た男たちが或る者はお茶を飲み、或る者は漫画本を読みながら、それぞれの時間を過ごしていた。私は美少年の姿を探した。その時、覗き込んでいる私の方に紺色の帽子を、運転手の帽子をかぶりながら出てくる者がいた。訝しげな目で見られた私はそこを離れた。

私は駅前のロータリーをゆったり動いているバスを眺め、商店街に出入りする人たちの姿を目で追った。が、はっきり何かを見ているわけではないということがわかっていた。「目的があるってふうじゃないですものね」というあの男の言葉が耳元に反響した。胸の動悸が激しくなるのを感じた。「孤独だぁ⁉　冗談じゃない！」私は走り出していた。

自分のアパートの部屋に戻ると、いつものグレイのスーツに着替えた。そして部屋の隅に壁に背をつけるようにして私を待っていたリュックを背負った。また走れる！　その喜びで体が充たされた。あの美少年は、あの運転手は、私がバスに乗り込まないで走りつづけているのを乗客たちが唖然として見ている中、片頰で笑っているはずなのだ！　私は出かけるために革靴を履こうとして不意に彼が、先輩が犬を殺したという話を私のことだと曲解してはいないかという不安に襲われた。が、すぐに「いや、あの話は彼にはしてない」ということに思い当たり、自らを笑った。

私はバス通りまで出ると、膝を高くあげて歩いた。やがて来るバスにいったん追い越され、バスがバス停にたどり着く頃走り出すために。走り出すタイミングはわかっている。クリーニング屋の角で小道に入り、目の前をバスが通過した時、通りに出て、走り出せばいいのだ。

バスが緩やかな坂を上ってくる！　ほら見ろ、私は勝ち誇ったように心の中で叫んだ。運転手はあの美少年！　あの、黄色いスニーカーが今、アクセルを踏み込んでいるのだ！

私は走った。まだ走りはじめたばかりなのに動悸が激しい。バスがバス停に止まった。待っていた乗客たちが乗り込む。最後の一人が乗り込んだ時、私はまだバスまでの距離を150メートルほど残している。私はスピードを上げた。バスに近づいた時、乗客たちが私を見ているのがわかる。バスの昇降口のドアが開いている。私は走る。ああ美少年はこんなことを言っていたな、と思う。バスが奥さん、走るのが自分、走るのは正当化の行為だ。何を言ってる⁉︎　オレは結婚なんていつだってできるんだ！　そう思うとつい笑顔がこぼれそうになる。そしてまた不意に、犬を殺したのがこの私だとこの美少年は、この運転手は思っていないかという不安に襲われた。私はバスの昇降口を通りすぎた。走った。ただ走った。ちがう！　私は叫びそうになった。その話はこの運転手にはしていない！　さっき確認したじゃないか。私は笑った。オレには未来がある！　ついに私はバスを追い越した時、声を出して、笑ってしまった。いや、笑ったのは、乗客たちの中に先輩がいて走る私を見ているにちがいないと思ったからだ。

「先輩、オレは悪いことをしていますか⁉」

飛田姉妹の話

小林エリカ

小林エリカ（こばやし・えりか）
一九七八年、東京都生まれ。作家・マンガ家。二〇一四年『マダム・キュリーと朝食を』で三島賞および芥川賞の候補に。他の著書に『親愛なるキティーたちへ』『彼女は鏡の中を覗きこむ』や『光の子ども』シリーズなど。音楽ユニット〈Project UNDARK〉作品として『Radium Girls 2011』がある。

あたりいちめんに散らばる宝石のようにビルのガラス窓が光り輝いている。ぼくの足元には街が広がっている。ビルの谷間には小さなマンションや一戸建ての家の屋根が連なっていて、間を縫うようにして少しばかり植えられている樹木も青々とした新芽を吹いている。その真ん中をアスファルトの道が真っすぐに海の方へ向かって伸びている。

深く息を吸い込む。春の匂いがする。それから海への道の真上をなぞるようにして、ぼくは飛ぶ。髪もネクタイも音楽を聞いていたイヤフォンコードもぱっと靡《なび》く。強風が吹きつけてくる。バランスを崩しそうになって、慌てて羽根で舵をきる。

咄嗟に羽根と身体を捻ったら、腰に斜めにかけた学生鞄が危うくビルの屋上に伸びている避雷針にひっかかるところだった。

春の風というやつは突然強く吹くうえに、地面の土を巻き上げ、大陸から黄砂まで運んでくるからまったくもって厄介だ。花粉と砂のおかげであたりは霞がかかったようにぼんやりしているし、目にゴミが入るものだから何度も瞬きをしなければならない。

振り返ると、おなじクラスの真木野がちょうどぼくの真後ろをよろよろ飛んでいて、やっぱり強い風に煽られているのが見えた。彼は教科書で膨らんだ鞄を押さえながら、金ぶちのメガネを危うく落っことしそうになっている。こんな日は低く飛ばなくちゃいけない。

＋

ぼくらの祖先はこれまで何世紀にもわたって、空を飛ぼうとしてきた。イカロスはロウで固めた鳥の羽根で飛ぼうとしたし、レオナルド・ダ・ヴィンチは科学的で詳細なスケッチを描き残し、諸葛孔明は気球を飛ばしたとか飛ばさないとか、アッバース・イブン・フィルナスはコルドバ近郊の丘から飛ぼうとして墜落して負傷した、日本では二宮忠八がカラス型飛行機や玉虫型飛行機を飛ばそうとしたがエンジンが手に入らずに断念した、など数々の伝説がいまも伝わって残る。

ぼくの母は大学で研究者をしていて、そんなことばかりを調べていた。専門はオットー・リリエンタール。十九世紀プロイセンに生まれたリリエンタールは、弟のグスタフと一緒に鳥が飛ぶ様子を研究し、兄弟で人間が飛ぶための装置を作り上げたという。コウノトリ科の鳥の羽根を熱心に研究し、仕舞いにはベルリンの近くに十五メートルにも及ぶ円錐型の丘を作り上げ、頂上から背中に羽根を背負って何度も飛んだとか。

母はいつもベッドの脇に、リリエンタールの描いた鳥の羽根のスケッチをピンで留めて貼っていた。空を飛ぶ羽根、グライダーの写真も残っているそうで、それを見せてくれたこともある。しかし、結局、リリエンタールは墜落死した。

わたしたちの祖先はそんなにも空を飛びたかった。空を飛べない人が、空に憧れる気持ちを知りたいの。

母はくしゃくしゃの羽根と髪を同時にかきあげながら目を輝かせた。羽根を小刻みに動かしながらキッチンを飛びまわり料理をせっせと作る父と、まだ小学生だったぼくに向かって、夢中でそんな話ばかりしていた。コンロでは魚が焼けていて、鍋からは白い湯気がふんわりと立ちのぼっていた。三毛猫のフェリックスは、テーブルの下に寝転がって、母が興奮してその羽根を揺らすたびにそこへ手を伸ばしてじゃれている。

リリエンタールの死を知ったライト兄弟はそれを機に飛行機を作る決心をしたとかで、一九〇三年、遂に人類ははじめて飛行機で空を飛ぶことになる。

ノースカロライナ州、キティーホーク、キルデビルヒルズ。

かつてその砂丘の土の下には悪魔を殺すほど強いラム酒が埋めて隠されていたらしい。大きな羽根を持ったライトフライヤー号はその上空を、四回目に、五九秒間、八五二フィート、飛んだ。

テーブルに箸とご飯が並べられてゆく。よりによってその日の夕飯の魚がトビウオだったなんてあんまりに皮肉なことだ。母は箸を握りしめたまま食事には一口も手をつけず、夢中でリリエンタールの話を続けている。

ぼくはトビウオの背びれを翻りながら、ぼくらはもう飛べるんだ、そんなのもうどうだっていいじゃないか、と子ども心にも思った。第一、父さんが作った味噌汁がさめちゃうから、早く飲んだ方がいいよ。

＋

酷い風だな。しかも向かい風だぜ。

真木野が金ぶちのメガネをかけなおし、大きくひとつくしゃみをして、ぼくに言う。向かい風だなんてツイてない、これじゃあ猛スピードで羽根を動かしても学校の朝礼には遅刻になる。

適当な返事だけしてさっさと飛んで行こうとしたのだが、真木野はぼくを追いかけるようにして話しかけてくる。

あの道。

真木野はわざわざぼくの羽根を引っ張って引き止めてから、ぼくらの足元の道を指差した。

片目をつぶってそれを指先でなぞるようなポーズをしてみせる。

真木野はしばしもったいぶってから言った。
今日の飛田姉妹はあそこをいくらしい。
ビルの間を貫く真っすぐな道。
海へまで続くあの道だ。
それを見遣るまでもなかったけれど、つられてそれを目でなぞる。
何キロあるだろう。飛べば十分もかからない程の距離だけれど。
アスファルトが太陽の光をあびてところどころ銀色に輝いて見える。
知ってるし。
ぼくはそんなこと、と鼻を鳴らしてそれからわざと真木野に羽根をぶつけてやった。
遅刻するからさっさと急いで飛べよ！
できるかぎりの急ぎ羽根で風に乗り、振り返らない。

＋

一九〇三年にライト兄弟が飛行機を発明してから、それが実用化されたのは瞬く間のことだった。たった十一年後に第一次世界大戦がはじまり、ヨーロッパの上空には飛行機が山ほど飛んで、その後の第二次世界大戦では世界中の空を飛行機が飛び、大戦後すぐにはＶ２ロケットが宇宙へまで飛んだ。

ソ連のスプートニク二号でライカ犬が、遂にはボストーク一号で人間のユーリ・ガガーリンが宇宙に打ち上げられた。

それからぼくらの祖先は遂に空を越え、宇宙を飛び、月面へ降り立った。

ちなみに、その間フランスでは何度か猫をロケットで宇宙に打ち上げる実験を続けていたのだが、打ち上げ直前に一匹の猫が逃げ出した。結局逃げ出したまま見つかることなく逃げおおせたその猫の名から、我が家の猫はフェリックスと名づけられた。

+

飛田姉妹については真木野に限らず誰も彼もが噂した。

飛田姉妹はとびきり美しかった。クラスで、学年で、いや街で一番美しいと言ったって過言ではない。鳶色の目。長くて艶やかな燕色の髪。鮮やかなカーディナル色をした唇。大きくてふんわりと広がる真っ白な羽根。男も女もどちらでもなくとも思わず振り返らずにはいられない。人を惹きつけて離さない。

けれど同時に、とびきりの変わり者だというのも本当だ。

その父親はかつて自らの羽根を切り落とそうとして病院おくりになったこともあるのだとか、その母親の祖先はマラソンランナーだったのだとか、嘘とも本当ともつかないような逸話を持ち合わせていた。そのせいだかなんだか知らないが、飛田姉妹はいつも両足に小さなスニーカーを履いていた。

それは驚くべきことだった。

だって、ぼくらは靴なんてもの、もう長らく履いていなかったのだ。

空を飛ぶにあたって、靴はひどく邪魔なものだった。ビルの谷間に万が一でも靴が落っこちれば大事件だし、靴紐が電線に引っかかる死亡事故だってかつては頻繁にあったという。そんな理由で靴はコルセットのごとく過去の因習遺物として葬り去られた。ガラスのハイヒールだとか、子牛の皮を鞣《なめ》して磨き上げて作った靴だとか、本物のダイヤをちりばめたサンダルだとか、それなりに美しかったが、もはや観賞用の骨董品だった。第一、ぼくらの足はすっかり細く小さくなって靴なんか必要としないような形になっていたのだ。

だから、飛田姉妹が二人揃って鮮やかな蛍光黄色とブルーのスニーカーを履いて入学式に現れたとき、ぼくらはみんな驚いた。短いスカートから覗く細くて長い足の先っぽに靴がぶら下がっている様《さま》は、大きな羽根と不釣り合いで極めて不格好に見えた。

＋

コンコルド、調和、という超音速で飛ぶ旅客機ができては消えた。かわりに速さはそこそこの旅客機が大量に作られ、ぼくらの祖先はその人生の何時間かを飛行機に乗って飛び回り過ごすようになった。航空網が張り巡らされ、二〇〇〇年代には、一日に九万機以上の飛行機が空を飛び交うようになった。常に五〇万人ばかりが空の上を飛んでいるという状況だったそうである。ただ、その頃に空を飛ぶことができたのはみんなではない。先進国の人間、あるいは、途上国の金持ちだけだった。とはいえ電話やインターネットの発展とともに、地球は次第に小さく狭くなったように感じられ、ぼくらの祖先はもはやどこもかしこも何もかもを知っているような錯覚に囚われるようになった。

あの頃から、ぼくらは少しずつ地面から離れはじめていたのかもしれない。

背中に羽根を持ちはじめたのは、それから程なくしてのことだった。

最初は小さな羽根が、それから次第に巨大な羽根が現れた。

かつてインドで人が食費を削っても携帯電話を欲しがったように、だれもが食料よりも何よりも、羽根を欲しがった。そうして、これまで飛行機に乗ったことが無かった人でさえ、羽根を手に入れるようになったのだ。

＋

スタートは、きょうの放課後四時。

真木野はメロンパンを齧りながら、その開始時間をぼくに伝えてくる。

勿論一緒に来るよな的な視線を投げかけてくる。

ぼくはそれを無視してひたすらメロンパンを口の中に押し込むようにして呑み込んだ。

きょうの午後四時、飛田姉妹はあの道を走るのだ。

飛田姉妹が、走る。

地面の上を走ろうとしている。

海へ向かって何キロも続く道を、その足で、地面を蹴って、走るというのだ。

こんなこと祖先が聞いたらショックでぽっくり逝くだろう、いやもう死んでいるからその魂だって浮かばれないという表現の方が正しいかもしれない。

ぼくらの祖先は何百年も何千年もかけて、血の滲むような努力の末、ようやく空を飛ぶことを獲得したのだ、なのに、なぜわざわざ地を這うような面倒なことを、またはじめようというのか。

校舎の裏に住んでいる猫が擦り寄ってきたので、メロンパンをちぎってわけてやった。猫はごろごろと喉を鳴らしながら腹を出して地面に寝転び、羽根のないキジトラ模様の背中を夢中で土に擦りつけている。ぼくが撫でようとしたら、ぴょんと飛び起き遠くへ行ってしまった。椿やツツジの木の間を抜けて葉っぱをまきちらすようにして駆けてゆく後ろ姿を、ぼくはいつまでも目で追った。

我が家の三毛猫フェリックスを連れて母が家を出て行ってしまってから、もう半年になる。母が飛田姉妹の話を聞いたら、何というだろう。きっと、もしかして、飛田姉妹のことを、好きにだってなったかもしれない。

メロンパンを食べ終えてから、教室の後ろの窓からこっそり授業に戻ったが、強い風まで一緒になって入ってきたものだから先生だってそれにはさすがに気づき、ぼくらは反省するまで廊下を飛ばされた。

＋

いつしか恐竜が、ネアンデルタール人が、滅びたのと同じように、羽根を持たない人間は、空を飛べない人間はいなくなった。それは四つ足で歩いていた猿が、二本足で歩く人間に置き換わるよりも、ずっと突然だったし、時間がかからないことだった。

義足や車椅子や松葉杖は消滅し、地雷よりも空中ネットが危険視され、タップダンスのかわりに空中バレエが流行した。

歩道のかわりに空が整備された。車よりも飛行機やヘリコプターに接触する方が多くなり、衝突事故よりも落下事故を防ぐために新しい条例が作られた。

そしていつしかぼくらの足は退化した。

ぼくらは飛ぶかわりに走ることを捨てたのだ。

＋

母が家を出て行ってしまってからも、父は相変わらず淡々と味噌汁を作り、料理をして、ぼくと二人きりでそれを食べ、文句ひとつも言わなかった。

ぼくは父には聞けなかったけれど、きっと母には別の男ができたのだと思う。ずっとむかしを生きた人が空を飛びたかった気持ちなんかよりも、母は父の気持ちをわかるように努力するべきだ、とぼくは思ったけれど、それは口にしなかった。

ぼくらはいま空を飛べる。どこへだって行くことができる。インターネットもかつてなんかとは比べ物にならない程発展中で、どこにいる誰とだって連絡を簡単にとることができるはずだった。

なのにぼくらは母に会えないし、母はメールの一通も寄越さない。

ぼくは夜、ベッドの中で寝返りを打つ。背中の羽根が邪魔してもうぼくらは横向きでしか眠れない。

羽根をできるだけ固く閉じてみる。それから細くて頼りない小さな足を少しだけ持ち上げてみる。

リリエンタールも、ライト兄弟だって、ぼくの気持ちはわかるまい。

＋

空の霞は晴れて、風がぴたりと止んだ。

走るのにはいったいどんな風が適しているのだろう。

ずっとずっとむかし、母の祖先という人は、スペースシャトルが宇宙へ向けて飛び立つのをその目で見たことがあるという。フロリダのケネディスペースセンターから打ち上げられたそのシャトルの名前はディスカバリー。発見。スペースビューパークには大勢人が集まって、ビール片手にその様子を見たという。

空へ打ち上げられたそれは、明るい光に包まれていて、長く真っ白な尾を引いたそうだ。母の祖先はそれにひどく感動して一枚のスケッチを残し、それが代々伝わっている。

いつだってぼくらの祖先が見あげたのは、空だった。いつだって、遠くへ、どこかここではないどこかへ、何かを見つけに向かうためのものを欲しがった。

真木野が小さな紙飛行機でメモを飛ばしてきた。

それはぼくの羽根にぶつかって、ぽとりと机の上に落ちた。

メモを広げる。

――どっちに賭ける？

は？　何のこと？　と口パクで尋ねたら、もう一機紙飛行機が飛んできて、今度はぼくはそれをキャッチした。

それを広げると鉛筆のきたない字でこうあった。

――飛田が海まで行くって方にコーヒー牛乳一年分‼

つまり、飛田姉妹がちゃんと走り、海まで行けるかどうか、という賭けだった。

あんなにすっかり細くて小さくなってしまった足で、そもそも走るだなんてこと、できっこない、というのが大概の見当だった。数歩歩く程度ならまだしも、ダチョウじゃあるまいし。空を飛べる鳥は何キロも走ったりなどしない。悪くすれば死ぬってこともあるかもしれない。いやいや、飛田姉妹は朝晩こっそり走る練習を重ねているし、ぼくらとは違うんだ。口々に意見が出され、議論は各所で白熱し、菓子や小遣い、パンツを脱いでみせる約束から高額ライブチケットまで幾つもの賭けが行なわれていた。

ぼくは返事もせずにメモをくしゃくしゃに丸めてポケットの中へ突っ込んだ。

馬鹿馬鹿しい。

ぼくは居ても立ってても居られない気持ちになる。正直言って、ぼくらが立っていることはそもそも難しいのだけれど。

飛田姉妹が奇妙なスニーカーを足にくっつけて、海まで辿り着こうがつくまいがぼくには全然関係ないよ。海へ行きたいんなら、飛べばいい。

＋

教室の窓の向こうでは、生徒たちが次々と飛び立ってゆく。淡く明るい色の空に女子の短いスカートがはらはら揺れていて、そこからは細くて長くて小さな足が覗いている。

ぼくはそれを目で追った。

みんなこぞって飛田姉妹の顚末を見届けようと、海の方へ向かって飛んでいる。

先生はそんなこと少しも構わない様子で、羽根を震わせ宙に留まりながら、黒板に蝶の飛翔の仕組みを書きつけている。

――かつての人間たちは、北京で蝶が羽ばたくとニューヨークで嵐が起きる、というたとえをバタフライ効果と名づけ、カオス理論を説明するために用いていましたが、もはや、わたしたちは北京の蝶の羽ばたきから正確にニューヨークの嵐さえ予測できるようになったのです。

ぼくはついに席を立つと、教室の後ろの窓を開け、そこへ足をかけた。

窓から身体を乗り出す。

そして、飛ぶ。

風はもう吹いていなかったので、先生はぼくがいなくなったことには気づかなかった。

後ろを振り返ると、真木野だけが、おい、抜け駆けすんなよと、こちらへ向かって中指を立ててから、あわてて教科書や電子機器なんかをまとめて鞄の中に放り込んでいるのが見えた。

少しだけ落下して、風を摑む。それから羽根を広げ上昇気流で一気に空へ舞いあがる。

ぼくは空を飛ぶ。

学校を、家々を、街を、見渡す。

風に乗る。髪もネクタイも音楽を聞いていたイヤフォンコードも靡く。

海へ向かって真っすぐ続く道が見える。

片目を閉じて、指を伸ばして、宙でそれをなぞる。

ぼくは飛ぶ。みんなが飛んでゆくのと反対の方向へ向かって。

＋

午後四時。

飛田姉妹はゆっくりと羽根を閉じながら地面へ向かう。

今、これから、飛田姉妹は走り出す。

みんなはそれを思い思いの気持ちで見つめ、飛田姉妹に歓声や罵声を浴びせているだろう。

真木野からはいまどこ？　と、メッセージが幾つも届く。

はじまるぞ。

＋

ぼくはたったひとり、街外れの丘の上の空に居た。

ゆっくりと羽根を閉じながら地面へ向かって降りていた。

爪先がひんやりとしたアスファルトの地面を感じる。それから片方ずつ足の裏が、地面に触れる。

すっかり羽根を閉じた途端、ずっしりと身体は重くなってよろめいた。

思わず両手をつく。その瞬間、手のひらにも地面の感触を感じる。

それから、ぼくはゆっくりと立ち上がる。

それはほんの一瞬のことだった。

ぼくは、よろめきながら両方の足を使って地面に立っていた。

足を踏み出す。

身体はまたバランスを失って崩れ落ちてゆく。

いつかきっと、飛田姉妹と話す機会があったら、聞いてみよう。

ぼくの足にもぴったりなスニーカーは、どこで手に入るかな。

しかもとびきり不格好に見えるようなやつね。

猫が通りを横切りながら駆けてゆくのが見えた。

こんど母が帰ってきたら、ぼくは教えてあげるんだ。

ゆっくりとその小さな足でアスファルトの地面を蹴った。

陽が沈む。

風が冷たくなってきた。
いま、ここで、この場所で、ぼくは、走り出そうとしているってことを。

リスタート

恒川光太郎

恒川光太郎（つねかわ・こうたろう）
一九七三年、東京都生まれ。二〇〇五年『夜市』で日本ホラー小説大賞、一四年に『金色機械』で日本推理作家協会賞を受賞。他に『雷の季節の終わりに』『秋の牢獄』『草祭』『南の子供が夜いくところ』『金色の獣、彼方に向かう』『月夜の島渡り』『スタープレイヤー』『無貌の神』などがある。

彼は時々、己の行動が意味あるものかどうか気になる。

たとえば部屋でギターを弾く。この行動には意味があるのかどうか？

意味は意義といってもいい。有意義なのか否か。

あるといえばある。ストレス解消である。

好きなフレーズ、好きなリフ、好きなコードを紡ぐ快感。脳が音楽でいっぱいになる。弾けば弾くほど上手くなる。指が動くようになる。

いつか役立つかもしれない。たとえば友人宅なり、どこかの酒場なりにギターがあって、ひょいと持ち上げて演奏を始める。いつかくるかもわからない晴れ舞台に向けての密かな練習。大いに意味はある。

意味がないといえばない。

もう四十歳である。バンドを組んでいるわけでもない。素人の世界でも、自分より達者なやつなどいくらでもいる。そもそも人前で弾いて上手だったところで、カラオケと同じで気持いいのは自分だけであり、よほどの演奏でもなければ、それで株が上がるような年齢だとも思えない。もちろん自作曲をネットで公開するほどの情熱もないし、公開したら絶賛されるような音楽をしているわけでもない。ストレス解消だってもっと手軽なものが他にいくらでもある。

果たしてこれは意味があるのか、それとも無意味なことをしているのか。

学生時代からそうだった。古文や数学、テニスや将棋に読書。「ただ楽しむ」とか「とにかく知っておく」が出来なかったわけでもないが、少し飽きたり冷めたりすると、「これは時間を割く意味があるのか」と考えてしまう。

そんなとき彼は、かつて父親がいった「精神的偏食」について思い出す。

父曰く「人間の心というものは、多様かつ無意味なものをひたすら肥料として堆積することで、それを栄養にして豊かな森になる」のだそうだ。自分が得意なものだけや、人生に有効活用が出来るものだけを摂取し続けるというのは、食生活でいえばラーメンだけを食べ続けるようなもので、そんなことをすれば偏りが出来てしまうからよくないという。

その言葉を思い出すと、限りなく無意味に見えることも、無意味ではない気がしてくる。

彼が勤めていた都内の会社はいわゆるブラック企業だった。会社名は仮にBLとする。

朝は八時に家を出るのだが、夜は十一時まで帰れない。時には深夜二時になる。ＢＬ社員はタイムカードを業務終了よりずっと早く押す。毎日三時間はサービス残業で、それがずっと続く。休日はいちおう週休二日であるのだが、そのうち一日は、休日出勤という形で潰れる。給料と無関係な、細分化された社内称号が上がるだけの昇進試験を半年に一度受けなくてはならない。任意の勉強会（もちろん、実態が任意であるはずもない。病気でなければ参加しないと叱責される）まである。有給休暇は、風邪をひいたときだけである。

社員に休暇をとらせるという発想はゼロで、全くする必要のないミーティングや、在庫整理などで、ひたすら休みが潰れる。

特にパワハラがひどい。苛めに近いというよりも、苛めそのものである。過労で死んだ社員もいた。

どうしてそんなところで働くはめになったのか。

勤めていた最初の会社を辞めて一年間遊び呆けたとき二十九歳だった。面接を受けて落ちて、面接を受けて落ちて、時には雇うつもりもないのにする悪意に満ちた質問に歯噛みして、本当に必要かどうかもわからない資格試験の勉強をしながらいつまでも無職のまま。そんなのは嫌だった。

就職情報誌で〈未経験歓迎〉〈やる気だけでＯＫ〉の文字が躍る広告を見た。社員の離職率の高さが窺われたが、高望みをしてはいつまでも無職だと彼は思った。電話をかけ、面接を受け、採用が決まった。

騙された――わけでもない。おおむね予測していた。別に使い捨て社員でよかった。一生勤める気もさらさらなかった。とりあえず金が稼げればよかったのだから。

十一年間働いて四十歳で自主退職した。

退職金はゼロ円である。だが、寮生活が七年間だったことと、その後もあまり出費をしなかったために、そこそこの貯金が出来ていた。

退職の主な理由はやはり「パワハラ」だったが、「精神的偏食すぎたから」も大きな理由だった。

仕事以外のことが何も出来ない。仮に休日があってもストレスで意欲が出ない。もちろん、それが社会人というものだ、仕事さえあれば構わないという人もいるだろう。だが彼はそう思わなかった。旅行に行きたかったし、もう少し無意味で個人的で趣味的なことを摂取する時間が欲しかった。

退職して外を歩いていると、不思議と悲壮感は微塵もなく、勤めを終えてシャバに出た、とでもいうような解放感があった。俺は自由になったのだな、としみじみと思った。

さあ、何をしよう？

しかし気になることがあった。

左腹部が少し変な感じなのである。痛いわけではないのだが、強張っているような、詰まっているような「違和感」としかいいようのないものがある。

ネットで「腹部の違和感」と打ち込んで検索してみる。どうも可能性のありそうなのは「過敏性腸症候群」と「胃炎」であるが「大腸癌」にも辿りついた。

大腸癌は「肥満していて、肉食中心、野菜が少なく、油ものが好きで、運動不足の生活を長期的にしている」となるのだそうだ。

それはまさに彼の食生活そのものであった。

ＢＬの十一年間では健康に気を使う余裕はなかった。煙草こそ、頻繁な値上げでどうにかやめたものの、朝食はコンビニ、昼食は仕出し弁当で、夜はラーメンやらの外食だった。更に、ラーメンを食べた後に腹が減ったので菓子パンを食べたり、数少ない休日は、時間を惜しむかのように、真夜中三時までスナック菓子をつまみながら、ゲームやネットをしていた。

運動などまったくしていなかった。十一年前の入社時に比べて十五キロは太っていた。

ネット上にある癌患者のブログをのぞいてみた。ある大腸癌の男性の闘病記を読むと、その最初の部分は「腹部の違和感をおぼえて検査に行ったら」からはじまり「まさか自分が」という苦悩が綴られ、数年後に亡くなってしまっていた。最後の投稿は、遺族のもので、「彼の遺志により、このブログを残しておきます」と締めくくるところで終わっている。

彼はその昔、自分自身を「無敵」だと信じていた。たとえば、戦争が起こってみんな死んでしまっても自分だけ助かるような気がしていた。

だが四十になると、疑いの念が出てくる。もしかして自分は無敵ではないのではないか？　当たり前のことを直視しないといけないのかもしれないと彼は思う。

彼は鏡を見る。髪の毛はだいぶ減った。あまり残っていない。腹は出ている。

彼の暮らす市では健康保険証だけで、無料ガン検診を受けられる。そこで彼は意を決して病院に向かった。

一カ月ほどして検診の結果が出た。大腸は特に問題なかったが、胃炎だといわれた。それよりもメタボリック症候群であることを強く指摘された。肝臓の数値は悪く、半年後に再検査することになった。

「何もかもＢＬのせいだ。あそこにいれば遅かれ早かれ、病気になっていた。とにかく健康になろう。間に合うのならば」

彼は思った。もっとも健康管理はＢＬ時代に努力することも出来たのだが、とにかく彼はここでようやく「全てはＢＬのせい」と気持の整理をつけ、思い立ったのである。

役所に呼び出され、健康課の指導員女性から指導を受ける。

「三食以外食べないでください。食事の後に菓子パンとかが一番ダメです」

はい、と彼は答える。

指導員女性は三十代後半ぐらいに見えたが、引き締まった体をしていた。

「運動をしてください。ハードなものでなくてもいいので。ウオーキングとか」

「ウオーキング、前にちょっとだけしたことあるんですけど、なんかだんだん飽きてもとのもくあみに」

よくある会話のやりとりなのだろう。指導員女性はすぐに返答する。

「怠け防止には、カレンダーに予定を書くといいですよ。書くと今日はその日だなって心の準備が出来ますから。飽きないためには、たまにコースを変えたり、違う種目を入れて偏らないように工夫してください。公園を散歩、次は駅から駅へ歩く、みたいに」

精神的偏食というやつだ。

「駅から駅へ歩くってのは」

「普段乗る駅をひとつずらしてそのぶん歩くとか」

「指導員さんは何か運動してますか？」

「私？　ジョギングをしてますが」指導員女性はいった。

「ぼくも昔は剣道部でよく走ったなあ」彼がいった瞬間、指導員女性の視線は冷たいほど鋭く彼の腹を一瞥した。「中学の時なんで、二十五年前ですが」彼は小さく付け加えた。

「なかなかみなさん、実現は出来ないのですが、それではまた会いましょう」指導員女性はいった。「半年後に」

俺も出来ないと思っているのだろうな、半年後に驚かせてやろう、と決意した。

まず八百屋で野菜を買ってサラダを食べることにした。レタス、かぼちゃ、人参、パプリカ、ブロッコリー。緑黄色野菜をふんだんに取り入れる。

夕飯もサラダにした。

そして真夜中になると、少し得意な気持ちで「サラダ」とカレンダーに書き込んだ。ものすごい空腹感にごろごろと寝返りを打ったが、朝になると空腹感が消えていた。

翌日もダイエットは継続した。

間食をゼロに近くし、脂の多い肉は避け、夜眠る前の三時間には何も口にしない。炭水化物を減らし、腕立て伏せや、スクワットなどのプチ筋トレをし、毎日体重計に乗る。

彼はそろりと夜の町に出た。

公園を歩くためである。不審者に思われぬようジャージ姿でタオルをもっている。ウオーキングというやつだ。

携帯式プレーヤーで音楽を聴きながら歩く。

人間は収入や生活などが「向上」したときに幸福を感じるものだという。たとえば年に百万円稼いでいる人が、次の年にまた百万稼いでも幸福感はないが、十万しか稼いでいない人が、百万になれば、「向上の快感」によりものすごく嬉しいのである。

収入の話だけではない。生活全般、精神的なものも、向上となればいつだって気持いい。

特に向上の振れ幅が大きいのは「ない」から「ある」に移行したときだ。ずっと一人だった男に恋人が出来た。出来なかった逆上がりが出来るようになった。欲しい本をついに手に入れた。無罪を勝ち取り牢獄から脱出した。ＢＬを退職した……（最後のやつは職を失ったわけで微妙なところだが、今を肯定する彼にはこれも向上なのだ）。

「幸福感は向上で生じる」という理屈をもってすれば、意図的に「ない」を設け山と谷を作れば幸福感はあちこちに生じる。

食事の美味さを堪能したければ、まず飢えることだという理屈である。

雨の中を長時間歩く体験とか、そういうある種の苦行は、その後の安楽の喜びを強くする。

彼は、そんなことをごにゃごにゃと考えながら歩いている。時々腹に手をやりぷよぷよとした部分を触る。

彼は日々夜に外に出た。体重は睡眠時に減少する。眠る前のカロリー消費は効率がいい気がする。

夜の公園には犬の散歩をしている人や、ジョギングをしている人がちらほらいる。とりあえず早足で歩く。

歩いていると、次第に手足に潤滑油が行き渡っていくような気がする。硬かった関節がよく動くようになってくる。

彼が子供の頃のヒーローはジャッキー・チェンだった。「酔拳」「木人拳」などの時代がかったカンフー対決ものを好んだ。パターンがある。物語の序盤で、まずジャッキー・チェン扮する主人公は仇に負ける。そこに老師やら秘伝の巻物やらが現れ（現れないこともあるが）仇を倒すための必殺拳の修行をはじめる。過酷でユニークなトレーニングの末、最後は死闘（いつもやや冗長）の末に仇に勝利する。

特訓をしているジャッキー・チェンがいつも羨ましかった。きつい修行である。そんなものの一体何が羨ましいのか――大人になった今、少年の頃の憧憬の理由を言葉にできる。

修行がはじまった当初のジャッキーはまだ奥義を獲得していない。「ない」である。ところが修行が続くうちに、次第に動きに力強さ、華麗さ、速度が備わって「ある」に転じていく。修行の終わりのほうでは、最初のシーンで出来なかったことが次から次へと出来るようになっていき、免許皆伝に至る成長を示すのである。

あの憧憬は、劇中の主人公が味わっている、〈自身の向上における快感〉に対するものだったのだ。

修行、修行。

彼は速歩からランニングに少しだけ切り替える。聴いている音楽がアップテンポの、好きな曲になったからである。

すぐに疲れてやめるが、血液が体をかけ巡っている気がする。

彼は部屋に戻るとシャワーを浴び、満足して腹を減らした状態で眠る。

筋肉痛になりながらも、そんなことを一週間も続けているとぐんぐんと体重が減っていった。

雨が降った。

ＤＶＤを観ながらヒンズースクワットをする。ＤＶＤは単なる映画である。

モチベーションを維持するためにどこかで仇敵との決戦にあたるような勝負を設定し

たほうがいいのかもしれない。それはおそらく半年後に受ける再検査だが、その他に「これに挑む」というようなものが欲しいと彼は思う。

父の精神的偏食という言葉を思い出しながら、だいたい七つほどの修行を考案する。リュックにいくらかの荷物を入れて高尾山、御岳山を登る、という気恥かしいくらい型どおりのものから、温水プールで水泳するという「それを挑戦というのもいかがなものか」というものまで。考案した修行メニューの実行日をカレンダーに書き込む。

やがて夏になった。日中は暑いので、主に夕方から夜、そして夜明けに運動した。これまでに降りたことのない駅で降り、低山を散策したり、鎌倉のほうまで行って旧跡巡りをしたりした。筋トレと、ウオーキングに含めたプチランニングは欠かさなかった。

明け方の大気は澄みきっている。

外に出るとランニングをしているおじさんがいる。

なんとなく会釈すると、「おはよ、山?」とおじさんは聞いた。登山のいでたちをしているからだろう。「はい、です」彼はいう。「いいね、いいね」おじさんはいうと、そのまま走り去った。

両神山ですよ。彼は胸の内で呟いた。埼玉県の百名山だ。ちなみに高尾山と御岳山はもう登り終えた。

人生の半分は現実ではないと彼は思う。

なぜならば精神が摂取するものの半分以上が、現実ではないからだ。

想がつく言葉はいろいろある。幻想、瞑想、妄想、空想――そして理想。理想は、どうして「理」の字を使用しているのだろう？　きっと理に適っているからだろう。こうなりたい――こうありたい。それは現実の行動に影響を及ぼし、行動は結果に影響を及ぼす。

彼は両神山の鎖を摑んで登っていく。


ある夕方のことだった。彼は温水プールから出ると、着替えて自転車に跨り、帰路に向けて漕ぎはじめた。

日が暮れて、急にすっと気温が低くなった。ああ、夕暮れの空気だ。彼は思った。

ひどく懐かしい気持になった。室内にいると肌が感じる大気の変化はわからない。

外を駆けずりまわっていた少年時代の放課後の空気、遠い日々の〈野の空気〉を彼は胸一杯に吸い込んだ。

妙に細胞が騒ぎ始めた。急に視界に入るものが輝いて見える。

こんなことは今までになかった。急にスイッチが入ったかのようだ。

自転車を漕いでいると、大気圏を離脱する宇宙飛行士のような気分になった。

彼は家に到着するとすぐにジャージに着替えて外に出た。

公園を駆けた。

その日は不思議とあまり疲労を感じず、息が切れて止まっても、ぼんやり立っているとまた体がむずむずしてきた。

風が耳をくすぐり通り抜ける。

「ない」が「ある」に切り替わりはじめる。なかった筋肉が、なかった柔軟性が、なかった血液の巡りが「ある」のベクトルに向かって成長をはじめているのを彼は感じる。

市営のトレーニングルームをネットで検索した。室内用のシューズを購入して自転車で向かう。

生まれてはじめてトレッドミルに乗った。足元が動きはじめる。彼は速度を調節する。走った距離と消費カロリーが表示されるのが彼には面白い。

糖尿病。大腸癌。胃癌。脂肪肝。高血圧。

彼は脚を動かしながら脳内で、言葉のカードを一枚一枚吟味しては捨てていく。

彼は目を瞑る。機械のベルトが足元でまわっている音だけが聞こえる。

燃焼。デトックス。カロリー消費。アンチエイジング。木人拳。ドラゴンボール。ロッキー・バルボア。

二キロ走るのが目標だ。じっと距離計を見ている。後少しだ。1・7。もう少し、がんばれ！　1・8。あと二百メートル。やがて二キロに達する。だがまだいけると判断し、彼は走り続ける。

彼は走りながら嬉しくなってしまい、笑う。

「ずいぶん痩せましたね」

腹囲を計りながら、指導員はいった。

「健康指導のおかげです」

「あんまりそうしてくれる人はいないんで、嬉しいですね。ずいぶん素直なんですね」

「無職ですけどね」彼はいった。

指導員は言葉に詰まったらしく、少し間を置いてから、「継続が大事です」といった。

小さな帝国

服部文祥

服部文祥（はっとり・ぶんしょう）

一九六九年、神奈川県生まれ。登山家、作家、山岳雑誌「岳人」編集者。K2登頂を経て、九九年より装備を切り詰め食料を現地調達する「サバイバル登山」を始める。二〇一六年『ツンドラ・サバイバル』で梅棹忠夫・山と探検文学賞を受賞。他の著書に『サバイバル登山入門』『息子と狩猟に』など。

クラスメートがどんどん大きくなるのに、私はチビのままだった。小学校の一年生のとき、学年で一番だった駆けっこが、三年生で三番になり、四年生で四番になり、その後はどちらかというと速いという程度に落ち、中学生以降もそのままだった。

成長期が遅くくる体質だったのだと思う。その体質が四〇歳を過ぎて、陸上愛好家の中高年が競い合うマスターズ陸上に顔を出すことに繋がっているのかもしれない。高校に入ってようやく声変わりし、あることをきっかけに、自分には短距離走より長い距離のほうが向いていると気がついた。かといって陸上競技に夢を持つことはなく、私はハンドボール部に所属していた。陸上部には中距離以上を私より速く走る学友が少なくとも三人はいた。その三人の中でもっとも速かったのが前田だった。

前田の名前を日本マスターズ陸上の記録で見つけたとき、最初は同姓同名の別人なのだろうと思った。高校生の時点で、インターハイレベルだった前田が、四〇歳を過ぎ、自己ベストから一〇秒以上遅くなってもまだ、本気で走っている姿はイメージできなかった。だが、同年代、陸上、しかも中距離、という要素を考えたら、やっぱりあの前田学だと考えざるを得なかった。

高校に入り、前田と昭子に出会ったのが、自分がもつ長距離走のささやかな才能に気がついたきっかけである。西村昭子、身長一五〇センチメートル、猫目、やや色黒、スポーツ万能。入学式直後の教室で〝小さな元気印〟の昭子をはじめて見た瞬間に、私は恋に落ちていた。好きだった女の子の名前を年代順に並べることで、私は自分の人生を歴史の図録年表のように表すことができる。歴史年表の「昭子帝国」はその後、高校、浪人、大学一回生までの足掛け五年間、私の心を支配した。

知り合って日の浅い同級生の男どもが、集まって話すことと言えば、クラスの女子の品定めだ。そこで私は、女子のまとめ役として早くも頭角を現していた昭子の魅力を強調した。

「可愛いほうだとは思うけど、つき合うとなるとどうよ」というのが仲間の反応だった。それで良かった。ともかく昭子はオレがいただくと仲間に宣言できれば良かったからだ。前田もその輪に加わって「お前の趣味はちょっと変わっている」と笑いつつも応援してくれた。

「一五〇〇メートル、五分切らなくちゃ男じゃないわよ」

首尾よく話しかけて、翌月に迫っていた全学年合同体力測定が話題になったときに昭子がさらりと言ったセリフである。スポーツ万能の昭子にとって、標準的なスポーツマンのイメージを口にしただけなのだろう。だが高校一年生の私は、昭子がそれとなく、この私に恋人の条件を提示したのだと受け取った。

その日、校庭の二〇〇メートルトラック七周半を本気で走ってみた。五分二五秒。私はまだ「男」ではなかった。体力測定まで二週間。それまでに一五〇〇メートルを五分未満で走れるようになって、男になる。色気づきはじめ、恋に憧れる一六歳にとって、それは正真正銘の人生を賭けた挑戦だった。

私は前田を捕まえて、五分を切るにはどうすればいいのかつめよった。

「一〇〇メートルを二〇秒で走りつづければいい」と前田は言った。「どうしても後半に落ちるから、前半は一八秒から一九秒で回す。中盤は失速せずにつないでラストで頑張ればなんとかなるんじゃない」

八〇〇メートル走で全日本中学陸上大会に出場した前田は、一五〇〇メートルの五分切りなど鼻歌まじりだった。

猛特訓が始まった。とにかく走った。地図に定規を当て、自宅近くに一五〇〇メートルのルートを作り、毎日、タイムトライアルした。

そして体力測定当日、体操着に着替えた私は、手の甲に二〇〇メートルトラック一周ごとのラップをマジックペンで書き出していった。

4 0、1・2 0、2・0 0、2・4 0、3・2 0。
うまくいくかは、走り出してみなければわからない。自分に対する期待と、ダメかもしれないという恐怖で、じっとりと手のひらに汗が滲んだ。

「本気だな」と前田が覗き込んできた。

七周目一四〇〇メートルのラップが4・4 0。

「もしこのラップで駆け抜けたら、最後は命がけで五分を切る」と私は言いながらペンを走らせた。そしてたぶん昭子に告白する。

「なにしてんの」と昭子の声がして、どきりとした。

「一五〇〇、五分切りのラップだって」と前田が言った。

「切れるの？」

君のために切る、とは言えなかった。どぎまぎしながら「最後に5・0 0って書くか、4・5 9って書くか」とつぶやいていた。

「ちょっと貸して」と昭子はマジックを取り、私の手を引っ張って、4・4 0の下になにか書いた。くすぐるように書かれた小さな字は、ガンバレ、だった。

「前田、いっしょの組で先行してあげなよ」と昭子が言った。

「面倒くせえなあ」

じゃれるふたりの横で、私は昭子の書いた、ガンバレ、の文字を凝視して燃えていた。

「最初速く入るぞ。うしろにつけよ」と言った前田がスタートから思い切りよく飛び出していった。私も集団を避けるように前田のうしろについた。あっという間に一周目が終わり、スタート地点が近づいてきた。クラスメートがタイムを読み上げてくれた。

「三六、三七」。予定通り。貯金三秒。タイムを聞いた前田がややペースを落とし、私との距離が詰まった。まだかなり余裕がある。もう少しいきたいくらいだ。

「一分一八、一九、二〇」と二周目のタイムを読み上げる声が聞こえる。こんなゆっくりで大丈夫なのかなという感じだ。コーナー、ストレート、コーナー。できるだけ何も考えないように、ただ走る。

「三分二〇」と五周目のタイムが聞こえた。いつの間にか貯金がなくなり、前田とのあいだがすこし開いていた。前田がちらりとうしろを見て、自分の背中を叩いた。つけ、ということだろう。つきたいのだが、息が上がり始めており、スピードが上がらない。

六周目一二〇〇メートルでは四分一秒だった。残り三〇〇。ちらりと振り向いた前田は笑っていた。そしてなんでもないかのようにペースをあげた。私はよだれを拭うことも、鼻水をすることもなく、目を剝き、自分の呼吸音と足音だけを聞いて、ただ走った。トラックが砂漠になり、砂漠が火星になり、死ぬ、死ぬ、死ぬ、と本気で考えた。ゴールはどこだ？　ここはどこだ？　おしっこをちびり、口から心臓を吐き出しそうになって、崩れるようにタイムを計る先生の前を通り過ぎ、そのままトラックの内側の芝生に倒れ込んだ。

酸素をむさぼろうとする自分の吸気音と、耳の奥で爆発しそうな動脈の鼓動を聞きながら、四つん這いのまま、よだれを垂らして喘いでいた。

「四分五八だってよ」

横に立った前田の声が上から聞こえてきた。

芝生に仰向けになり、スモッグで霞む青空をみた。今にも吐きそうだったが、最高だった。青春ばんざい。昭子とのバラ色の学園生活を思って、喘ぐ合間に、うおーっと吼えた。

だが、夏休みの前に昭子とつき合い出したのは、私ではなく前田だった。

成長の遅かった私は、二二歳まで背が伸びた。見た目が若いと言われることも多かった。なんとなくスポーツを好んで過ごした。ジョギングはトレーニングの一環だったが、そのジョギングにメリハリをつけるために、駅伝チームに加わったり、ロードレースに出たりした。

地元、横浜の草レースでそこそこの成績を残し、満足していた。四一歳で一五〇〇メートルの自己ベストを出し、それを大学時代のラン友達にメールで自慢すると、福井に住んでいた一人から「お前の記録は四〇歳以上の福井県記録より速い」という連絡が来た。そういうカテゴリーがあるのかと、年令別の記録を調べてみると、神奈川県のマスターズ大会なら、私の持ちタイムは、四〇〇から一五〇〇までのすべてで優勝だった。マスターズ陸上に会員登録し、過去の記録を細かく調べた。四〇歳以上の関東大会八〇〇メートル優勝ラインが二分〇八秒、全日本大会なら二分〇五秒。そしてそこで前田の名前を発見した。

前年八〇〇メートル走四〇歳以上の部優勝、前田学、二分〇五秒八〇。あいつは高校三年のインターハイ関東予選で八〇〇メートルを一分五三秒で走っていた。インターハイ出場確実と言われていたのに、故障でタイムを落としていたのだ。そして〇・一秒の中に三人がひしめく混戦となり、最終的に前田は全国大会へ駒を進めることはできずに、南関東が高校陸上最後の大会となった。

だが、あいつはまだ走っていた。体力測定の一五〇〇メートル、ラスト三〇〇で振り向いた前田の顔が浮かんできた。今思うにあの笑顔は、昭子はいただくという宣言だったのだろう。

――前田、四〇オヤジになった俺は、走るのが速くなったんだぜ。中長距離の才能に気づかせてくれたのは、おまえと昭子だよ。

私は八〇〇に的を絞った猛練習を開始した。

スタートの二時間ほど前、ゆっくりしたジョギングからアップを始める。〝本気レース〟のときのやり方だ。いつもなら、とりとめないことを考えながら、長くスローなジョグをするのだが、今日は昔のことを思い出したり、レース展開を考えたりして、心拍数が上がってしまい、小さく首を振って、深呼吸しなければならなかった。

二〇一二年九月二三日、岡山県陸上競技場。会場について、すぐにプログラムを開いた。競技者のタイムで順位を決めるタイム決勝方式のマスターズでは、一組目に速いランナーを入れることが多い。念のため、関東マスターズに出て優勝しておいた私は、首尾よく前田と同じ一組目に入っていた。ネットで調べた実力者の長澤や森山も一組目にいる。

ジョグの次はストレッチ。おもに背中側を伸ばす。特にハムストリングス、大臀筋、ふくらはぎ。

体の柔らかさでその日の調子がおおよそわかる。今日は普通。残念ながら好調とは言いがたい。仕事の合間になんとか時間を捻出して、オーバーペースで体作りをしてきたのでしょうがない。くじけそうなときに思い出してきた前田のにやけ顔がなぜかここでも浮かんできた。

つき合い始めた前田と昭子のふたりと、疎遠になったわけではなかった。だが、ふたりが私に気を遣っているのは十分に感じられた。結局私は、彼らの恋を盛り立てる要素でしかなかった。私は昭子のことを想いながら、女っ気などない、垢抜けない高校生活を三年過ごした。いまでも正直ねたみはある。だが恨みはない。歯車がトコトン嚙み合わないのが思春期というものだ。

前田はあっさり陸上を辞め、現役で慶応大学に入って、一流企業に就職した。私は一浪で公立大学に引っかかり、一年留年して、小さな出版社の契約社員になった。高校一年生の体力測定以来、私は前田に負け続けてきた気がする。

招集所に行って、出走確認を終え、アップの仕上げに「流し」をおこなう。トラックでの軽いダッシュ。筋肉に本気で走るぞ、と話しかけてやる。いつもはぱっぱと三本やって終了だが、今日は休憩を長くして五本。

レース着に着替える。スパイクを履く。軽く走ったり跳んだりしながら、ゼッケン番号を盗み見て、ネットで調べていたランナーたちをチェック。そこに前田がいた。

あまり老けていない。高校の卒業式以来だが、すぐに前田とわかった。目が合い、前田も私のことがわかったのだろう。険しい表情のまま軽く頷いた。

ばん。スタートの号砲が鳴った。レースはいつでもランナーの心構えより早く始まる。

全日本マスターズ陸上八〇〇メートル競走、四〇歳以上の部、決勝一組目。私は四コース。

素早くスピードに乗るべく、最初の五、六歩は思い切り入る。ほぼダッシュと同じだ。五コースの実力者森山をマークしつつ、インからくる昨年準優勝の長澤にも気をかける。前田は二コースにいる。カーブに合わせて体をわずかに倒しつつ走り抜ける。八〇〇メートル競走はセパレートコースで始まり、一〇〇メートル地点の直線からオープンになる。

予想通り、三コースの長澤が前に出てトップに立った。私の想定スピードよりは少し遅い。うしろにぴったりくっつこうと思ったのだが、そこに前田が割り込んできた。長い手足を窮屈そうにまとめたフォームは昔と変わっていない。お互いちょっと牽制しあってから二番手を譲った。メインスタンドの反対側、今日のバックストレートは向かい風。風よけ二枚は悪い展開ではない。

バックストレートはあっという間に終わり、第二コーナーへ。できるだけ何も考えないように二人のあとについていく。ややスピードが上がっているだろうか。三〇〇メートルを過ぎ、一周目のホームストレート。やや息があがってきた。トップの長澤のスピードがすこし落ちたとおもったら、前田が微妙に外に開いた。

私もいくべきか？　ホームストレートを終え、ラスト一周を告げる鐘が鳴る。チラリと電光掲示を見る。一分〇一秒。私の予定より二秒遅い。二周目のコーナーへ。

「四〇〇メートルの通過タイムは一分一秒」と放送が入る。

前田が長澤の横につき、じわじわと抜いていった。手がかすかに痺れてきた。四〇〇メートル地点での手の痺れが示す調子は「並」。だが前田はじりじりと先行していく。危険だが私もいくしかない。少しふくらむように私も長澤の横に出て抜きにいった。すでに前田との距離は二メートル離れていた。

長澤の呼吸を耳元で聞きながら抜き去った。バックストレートに入る。上げているつもりだが前田との距離は縮まらない。フォーム、フォーム。いまはパワーポジションをキープだ。前田が風よけになっているはずだ。

六〇〇を通過。最後のカーブに入る。手がびりびりしている。ほんの少しずつ前田の背中が近づいている。すこし私より背が高い。とにかくうしろにつく、いまはうしろにつく。走る走る。

コーナーを抜けて、直線になる。最後のホームストレート。少しふくらんで、勝負。前田を抜くことだけを考える。もうただ必死。あの前田のすぐうしろ。抜いてやる。こんな必死で走っているのに、前田との距離はじりじりとしか縮まらない。

「ばちん」

前田の腕と私の腕がぶつかった。ほんの少しぶつかっただけなのに、熱いものがはじけた感じがする。

ラスト五〇。ようやく、前田の横に並ぶ。頭がガンガンしている。何も考えられない。死ぬかも、でも、やめない。走る。

あと二〇、ようやく少しだけ、半身だけ前に出た気がする。全部抜け。全部抜け。前田も、昭子も、高校生活も……。

残り一〇、どうやら体ひとつぶん、前に出た？　前田の足音が強くなった。やばい？　詰められている？

こっちも必死。ただ必死。ああ、あそこまで先にいければ……。

フィニッシュ姿勢でなだれ込むようにゴールラインを越えていく。勝った？　たぶん勝った……？


電光掲示は二分〇五秒〇九で止まっていた。こんなに必死で走ったことはなかった。こんなに必死で「走れた」こともなかった。とにかく、これまでの人生で一番必死で走った。私の記録のはずだ。自己ベストだ。頭がガンガン、息はゼーゼー、体はフラフラ。立ち止まったら心臓も止まりそう。怖くなってジョグするのだが、辛くて歩いてしまい、苦しくて立ち止まってしまい、頭がガンガンするので、怖くなって、またジョグをする。

人間はこんなになるまで走れるんだ。いままで必死で走っていたと思っていたのは、本当の必死じゃなかったんだ。すごい世界を見ることができた。しかも勝てた。勝った！

動悸も息切れも止まらないまま、ジョグでゴール地点に戻る。前田がこっちを見て笑っていた。

「久しぶりだな」と最初に口を開いたのは前田だった。前田の息もまだ上がったままだ。喘ぎつつ頷きながら右手を差し出した。

「なにから話す？」と前田が私の手を握りながら言った。

トラックでは八〇歳以上の四〇〇メートル走がおこなわれていた。達者な人もいれば、無事にゴールまでたどり着くことが目的という人もいる。

隣に座った前田は手作りのおにぎりを食べていた。

「たとえばオリンピックのファイナルを走る連中のタイム差なんか、零コンマ数秒だろ。それで勝ち負けが決まっちまう。俺たちから見れば全員むちゃくちゃすごいのにさ」コーラを一口飲んで、続けた。「でもだからといって、全員に金メダルをやるわけにはいかない。なぜだ」

ちょっとえらそうなしゃべり方は昔のままだった。

「金メダルはひとつだから面白い」と私は言った。

「そうだ。ひとつだからみんな必死になる。零コンマ数秒のために人生を賭ける」

なんでマスターズ陸上に出ているのか、私が聞いて、前田がしゃべり始めたことだった。若い頃、まじめに陸上をやったヤツは、通常、マスターズ陸上には出てこない。そこで昔の熱量を感じることはできないからだ。前田のタイムも確実に落ちている。なのになぜ本気で走ろうとするのか。私にはわからなかった。

「あるとき気がついたんだ。どんなに才能があっても、まじめに練習しなくちゃ陸上は結果が出ない。でも練習はきつい。とくに中距離はきつい。四〇過ぎて二分一〇秒を切ろうと思ったら地獄だ。それをやっているヤツって、なに考えてどんな練習してるんだ？」

「六〇〇＋二〇〇、あいだジョグ二〇〇を三本」と私は言った。

前田は笑った。「タイムは？」

「一分四〇と三〇。でも一分四五と三三くらいになる」

「セット間、一五分ってとこか？」

私は頷いた。「時間がないときは、タイム設定を緩くして、休憩を短くする。前田学に勝つために、夏から積み上げてきた」

「俺は高校時代、トラックで闘ってた。自分がインターハイに行くためなら、ライバルはみんなケガしろくらいに思っていた。でもあるとき、そいつらのおかげで走れてたんだって気がついたんだ。泣きたくなったよ。どこかで、いまも、俺の知らない誰かが、すこしでも速く走ろうと思って頑張ってる。俺はそいつらといっしょに走っている」

「金メダルの話と矛盾している」

「わかっている」

「ライバルと高め合うなんてスポーツではあたりまえだ」

「それとはちょっとちがうんだ。陸上の連帯感はちがうんだよ。お互いに競い合うことが、会ったこともないライバルを信頼して、走って来たことの証明なんだ」前田はいったん言葉を切った。「たとえば俺はいま、お前を高校時代より信用しているかもしれない」

「ならばひとつ聞きたい」と私は言った。前田が軽く頷いた気配がした。「お前、昭子とヤッたのか」

動きを止めた前田が次の瞬間にはじけるように笑った。「そこかよ」

「ヤッたのかよ」

「やったと言えば恨まれる。やってないと言えば馬鹿にされる。だから言いたくない」

私は前田のコーラをとり、飲んでから言った。

「アイツ、不妊治療して、子供が生まれたってよ」

数年前に年賀状で仕入れた情報だった。言ってからすぐに後悔した。

「お前のほうが、コアな情報もってんじゃねえか」

「旦那は、背が高くて、二枚目の、金持ちだよ」

「アイツは昔から俗物だ」

「そんなことは、お前らが恋愛ごっこみたいにつき合って、すぐ別れて、わかってた」

私は言った。「わかっていたけど、卒業できなかった」

前田にかけっこで勝って、卒業できたのだろうか。

「次はお前がねたむ番だ」と私は言った。

前田は鼻から息を吐いた。

「だからさっき言ったろう。俺より速く走っても、俺はもうねたまないんだよ」

ずぶ濡れの邦彦

町田康

町田 康（まちだ・こう）

一九六二年、大阪府生まれ。二〇〇〇年「きれぎれ」で芥川賞、〇一年に詩集『土間の四十八滝』で萩原朔太郎賞、〇二年「権現の踊り子」で川端康成文学賞、〇五年『告白』で谷崎潤一郎賞、〇八年『宿屋めぐり』で野間文芸賞受賞、著作多数。他の著書に「宇治拾遺物語」現代語訳や『ホサナ』など。

死ぬまで勉強と言うけれども人間は一体いつまで、何歳まで成長できるのかしら。もしかしたら五十とかになったら成長できなくなるのかしら。でも私は大丈夫。だって私はまだ三十二、まだまだ成長できるはず。でもどうしたんだろう。なんだか暗いな。そんなことを考えながら掃除機を使っていた但馬瑠佳は廊下を掃除しおえ、居間に入ったところで、「あっ」と小さく声をあげて、掃除機をその場に置き、リビングルームを突っ切って開け放った掃き出し窓からテラスに出た。

リビングルームに接続する、南向きの広いテラスには、朝から快晴であったのを幸いに一気に洗濯した一週間分の衣類やシーツが干してあった。

それらが沛然《はいぜん》として降る雨に濡れていた。

瑠佳は、なんで気がつかなかったのかしら。そうだ、掃除機だ。掃除機の音で雨の音が聞こえなかったのだわ。と思い、そう思った瞬間、なにもかもが面倒になり、いっそこのまま放置してもう一度洗い直そうか、とも思ったが、降り出してからあまり間がないらしく、触れてみると表面に水滴が付いている程度で、生地そのものが水を含んでいるようでもなかったので、思い直して洗濯物を取り込み始めた。

濡らしたくない順に急いで取り込んで、最後に二枚のシーツが残った。

リビングルームからこれを見て、さすがにあれはもう一回、洗わないと駄目かな。都会の雨にはどれほどの塵芥が含まれているのかしら、など考えつつ、ベランダに出てこれを取り込み始めた瑠佳の手が止まった。

手すりの向こう、建物の南を走る片側一車線の道路の歩道を右に曲がって建物の敷地に入ってくる夫の邦彦の姿を認めたからである。

十一階のテラスから地上を見下ろす瑠佳は邦彦に気がついたが地上の邦彦は当然、瑠佳に見られていることに気がつかない。瑠佳はこれをよいことにしばらく邦彦が歩く様子を眺めていた。

傘を持たない邦彦は、道路から建物の正面入り口までの約二十メートルの通路を、腹のあたりに抱えた荷物を雨から庇うようにやや前屈みになって歩いていた。

その邦彦のすぐ脇を縦縞の制服を着た宅配業の青年が駆け抜けていった。瑠佳がその方を見ると道路にトラックが停まっていた。青年の背はほとんど濡れていないように見えた。邦彦はずぶ濡れに濡れていた。

瑠佳はまるでフグのように頬をふくらませ、それからシーツを取り込んでリビングに戻った。その瑠佳の背も少し濡れていた。

邦彦は瑠佳が用意した洗い立てのバスタオルで頭を拭きながらバスルームから出てきた。結婚前から瑠佳が飼っていた犬が走っていって邦彦のふくらはぎを舐めた。邦彦は、わひゃひゃと声をあげつつ言った。

「天気予報などというものはなんの意味もないね。今日、雨が降るなんてまったく言ってなかった」

瑠佳はこれには返事をせず、図書館に行ってくる、と言って出掛けた邦彦に、「今日はなんの本を借りてきたの」と問うた。まだ脚を舐めたそうにしている犬の頭を撫でて邦彦は言った。

「なにも借りるものか。調べ物をしにいったんだ」

「でも、その荷物」

「ああ、これか。これはほら」

そう言って邦彦は玄関のシューズクローゼットのうえに置いた白いビニール袋を手にとり、そして瑠佳に手渡した。袋のなかに入っていたのは自宅から少し離れた住宅街のなかにある小さな洋菓子店の紙袋で、紙袋の中にはロールケーキの小函が入っていた。

瑠佳は一度、手土産で貰ったことのあるこのロールケーキの味を好んで常々、これを食べたいと念願していた。けれどもなかなか食べられなかったのは店が中途半端に遠いところにあってなかなか出掛けていけなかったのと、それよりなにより、このロールケーキの味を好む人が多く、瑠佳がいくことのできる午後の遅い時間には大抵、売り切れてしまっているからだった。

ロールケーキを受け取り、うれしい、と思った瑠佳の脳裏に、次の瞬間、ある疑念が浮かんだ。瑠佳は言った。

「走らなかったでしょうね」

「もちろんだ」

邦彦は言下に答えて寝室に入っていった。犬が尻尾を振ってついていった。

邦彦は、絶対に走らないこと、を条件に瑠佳と結婚した。瑠佳は、なぜ走ってはならないのか、その理由を言わなかった。ただ、「走らないで欲しいの」とだけ言った。そして瑠佳はその理由を尋ねるのであれば結婚しないと言った。「詮索はいや」とも。

そこでどうしても瑠佳を妻にしたかった邦彦は理由を尋ねないまま瑠佳と結婚した。愛する人が、走らないでくれ、と言っているのだから走らない。それが邦彦の選択だった。かつて邦彦は、友人がその妻に、家で音楽を聴くな、と言われている、とこぼすのを聞いたことがあった。その友人はデスメタルの愛好家で部屋に遊びにいくといつもデスメタルがかかっていたが、そのなによりも好きなデスメタルを妻に禁じられ、聴くことができなくなったのだ。にもかかわらず友人は結婚して幸福に見えた。その他にも、結婚を機に愛蔵のコレクションを大幅に減らすことを命じられたビニル人形蒐集家の友人がいたし、スポーツカーをワンボックスカーに買い換えた知人もいた。

邦彦は、それに比べれば走らないことなんてなんということはない、と思った。

例えば、ここ数ヶ月で絶対に走らなければならない状況があっただろうか。いやそんなものはなかった。せいぜいいま走ればこの青信号で交差点を渡れる、とか、いま来た電車に乗れる、とか、ＡＴＭの手数料が安い、とか。そんな程度のことだ。

それに自分は元々、活動的な性格ではなく、中学生の頃から運動部に所属したことは一度もなかったし、八百メートル走などで女子によいところを見せようとして張り切っている同級生を冷笑的な眼差しで見ていたくらいで、自分のなかに走りたいなどという気持ちはさらさらない。

つまり、意味なく走れ、なにがなんでも走れ、と言われたら、ことによったら無理かも知れないが、走るな、というのであればこれを守るのは簡単だ。

これはなににもよらずそうだ。急に、手打ちうどんを作れ。作らないと結婚しない、と言われてもこれは無理だ。それには知識や経験、技術。そしてまた、道具や材料、さらにはそのためのスペースやなにかも必要だからだ。けれども、作るな、というのなら簡単だ。だって作らなきゃ、それで済むのだから。

そのように邦彦は考え、瑠佳と結婚して八ヶ月が経っていた。その間、邦彦は瑠佳がいるいないにかかわらず一度も走らなかった。


寝室で着替えてリビングに戻ってきた邦彦はソファーに腰を下ろした。邦彦はテーブルの上に置いてあったリモートコントローラーを操作してテレビの電源を入れた。瑠佳が盆に載せたポットとカップを運んできた。

テレビでは喜劇の舞台中継が放映されていた。結婚を反対されている男女の物語らしかった。もの悲しげな年齢のわからない男と美しい若い女が、いかにも金を持っているらしい老年の夫婦に土下座をしていた。茶を入れながら瑠佳は言った。

「これ、物禿真ノ進よねぇ」

「あ、そうなの。僕、知らない」

「え、知らないの。超有名よ。こないだ堀風香美と結婚してムチャクチャ話題になったじゃない」

と、そう言われても見当もつかない邦彦が、「へえ、そうなんだ」と言ったとき、白刃を振りかざし、女性を人質にとるなどして乱暴狼藉を働いていた悪人が物禿真ノ進に追い詰められ、画面の右側、舞台袖に逃走した。舞台中央あたりにいて、これを見た制服の警官は、「待てー」と叫びながら悪人が逃げた方角に向かってゆっくりと歩いて、やがて袖に消えた。物禿真ノ進が、「走らへんのんかいっ」と言って、舞台上にいた大勢の人が転倒し、観客がどっと笑った。

物禿を知らない邦彦も思わず、タハハ、と笑い、それから急に難しい顔をして茶を飲んだ。隣に座って熱心に見ながら瑠佳は少しも笑わなかった。

翌日。買い物を終え、紙袋を手に持った瑠佳は自宅に続く道を歩いていた。歩道は緑色に塗られた鉄製のガードレールによって片側一車線の車道から遮られており、また、幅も広かった。車道の通行量はまばらで、コミュニティーバスやコンパクトカーが時折通っていくばかりだった。それらの車はみな速度が遅かった。瑠佳の歩く側は広い公園、反対側は低層のマンションのよく手入れされた前庭や大使館、学校などが続く。それらの敷地に植えられた樹木の枝を揺らして吹き渡る風が瑠佳の頰を撫でた。歩道の敷石の上で木漏れ日が揺れて長閑な午後であった。

木漏れ日は瑠佳をもまたダンダラに染めていた。そしてダンダラの瑠佳は、人間は競争しなければ生きていけないのだろうか、と思っていた。どうにか競争しないで生きていけないのかしら。スーパーマーケットは生活のオリンピック会場。私はひとつもメダルを貰えない。別に要らないけど。

そんなことを考えながら歩く瑠佳を、背後から走ってきた十人ほどの高校生が追い抜いていった。自分を追い抜いていったトレーニングウェアの背中を瑠佳は凝視していた。少女のように細い、すんなりとした背もあれば、逞しい肉と骨でシャツがはち切れそうな、隆々とした背もあった。それらの背が忽ちにして遠ざかっていった。

瑠佳は、邦彦の背はどんな背だっただろうか、と考えた。どちらかというとか細い方だったように思うけれども、意外に逞しい手触りだったようにも思う。

今晩、確かめてみよう。いずれにしてもあのように浅ましく走ったり、競争して一位になったりしようと思わない夫でよかった。瑠佳がそう思ったとき、トレーニングウェアの集団はもはや瑠佳の視界から消えていた。

そもそも瑠佳はなぜ結婚するにあたって邦彦に走ることを禁じたのか。というと少し違うのは、邦彦という人がまずあって、その邦彦に、走らない、という条件をつけたのではなく、走らない人、という前提条件にたまたま合致したのが邦彦であったに過ぎないからで、瑠佳からすれば走りさえしなければ猿彦でも彦六でもなんでもよく、というか彦である必要すらなかった。

なので正確に言うと、瑠佳は走らない人なら誰でもよかった、ということになる。なぜか。それは瑠佳の些か病的な心理に由来していた。病的と言って、病と言わぬのは瑠佳がそのことを明瞭に意識し明確に理解しているからである。

そしてそのこととはなにかというと瑠佳のいわば妄念・obsession で、かつて瑠佳は陸上競技の選手であった恋人に手ひどい扱いを受けたことがあった。どのように手ひどかったかは詳述を避けるが、ひとつだけ言うと瑠佳は比喩ではなく実際に雨の舗道に捨てられた。そのとき、瑠佳を捨てた男は車で走り去ったのだが瑠佳の目には競技用のパンツと巨大なゼッケンが誇らしげにヒラヒラ揺れながら遠ざかっていくように見えた。

爾来、瑠佳の内部で陸上競技は鬼畜の所業となった。もちろん陸上競技が悪いのではなく、その男が悪いのだが、そう思い込んでしまうのが妄念なのである。そして陸上競技を憎む気持ちは時とともに走ることそのものを罪悪・罪業、という風に純化し、瑠佳の頭のなかに独特のねじ曲がった理論が構築されていった。

そもそも人間はなぜ走るようになったのかというと、人間が狩りをして暮らしていた時代、なるべく多くの獲物をゲットするためだ。それがいまでも大して変わらないのは、例えば福袋が売り出された際、人々が百貨店のフロアーを走る様を映したニュース映像などに明らかで、つまりは、人に先んじて福を得たい、のだ。この様子が浅ましいのは言うまでもない。スポーツなんて偉そうなことを言っているが、突き詰めればこれだって同じことで結局は、一位になりたい、のだ。そして一位になったその先には、大会の規模にもよるがカネや名誉が必ず付いてくる。私はそんな人とは絶対に結婚したくない。

それどころか同じ空気を吸うのも嫌。でも私に言い寄ってくる人はみな走って一位になりたい、というあさましい人ばかりだ。というか私の美貌を一位になった自分への賞品と思っている節さえある。ふざけるな。その段、邦彦さんは鈍くさかった。いろんな意味で。一位はおろか、四位もあやしい、つねに予選落ちのような感じの人だ。だからこそ信頼できるのだ。いや、でないと信頼できない。私は。私の場合は。

と、瑠佳はそんなねじ曲がった理論を構築したのだった。

だからといって瑠佳が不幸だったかというとそんなことはなかった。邦彦は瑠佳が自分の許に来てくれたのを喜び、瑠佳を心の底から愛し大事にして瑠佳は精神的に満たされていたし、また、身体的には鈍くさく、外見もパッとしなかったが収入は標準よりかなり高く、物質面においても瑠佳は豊かであった。

しかしその動機がそうした異常な心理に基づくものである以上、ただそれは、邦彦が走らない、という一点によってのみ均衡を保つ危うい幸福であることは間違いがなかった。

例えば、瑠佳がなぜそのことにこだわるのか、と自ら考えてしまえば忽ちにしてこの均衡は崩れる。なぜなら、拘泥するということは、その、自分を手ひどく捨てた男のことを自分のなかで完全に処理し切れていない、簡単に言えば、いまでもまだ思いがある、ということが明らかになってしまうからである。

ただ、瑠佳は自分ではそれは絶対にない、と思っていたし、事実、その男がどんな顔だったかも覚えていなかった。瑠佳は自分のなかにあるのは、人間が走ることへの純粋な厭悪、ただそれだけ、と固く信じていた。

そのことを邦彦は瑠佳本人よりも深く理解していた。

邦彦は瑠佳のつらい過去の体験を結婚して三ヶ月後に知った。というより知ってしまったといった方がよい。美しい妻を得て幸福な邦彦に、聞きもしないのに、妻のかつてのブログや短文投稿サイト、登録していた交流サイトなどのアドレスをわざわざ教えてくれる「親切な」友人がいたのだ。

けれども邦彦はさして苦しまなかった。過去がなんだというのだ。歳をとって先がなくなれば過去について考え、追憶に生きるしかないのかも知れないが自分はまだ若く、これまでよりもこれからの方が長い。先のことを考えないでどうするのだ。もちろん、いまこの瞬間、瑠佳のなかにその男への思いが爪の先くらいでも残っていれば関係が壊れることもある。しかし、邦彦にはそれはないように思えた。

と考えることによって邦彦は苦しまなかったが、自分が走らないこと、が前提になっているという奇妙な関係についてはひっかかるものがあった。しかし瑠佳を深く愛し、これを絶対に失いたくない邦彦は次のように考えることとした。

走らないことが前提になっている関係は確かに奇妙だし、そんなことを言う瑠佳は病的だ。一度、医師に診て貰った方がよいのかも知れない。けれどもなくて七癖あって四十八癖というようにその程度の癖であれば誰だって持っている。でもみんな普通に暮らしている。一病息災という考え方もある。そしてまた、走りさえしなければ、という前提だが、これはまあいわば個人的なジンクスのようなもの、もっと言うと断ち物のようなもので、人間はこうしたものを漠然と、感覚的に信じている。極端な話がどんなに明晰で鋭敏な知性を持ち、論理的な思考をする人であっても寺に詣で神社に参る。つまり、瑠佳と二人で幸福な一生を送るために走らない、というのはそんなに妙なことではない。それそのものを実行している人は少ないが、多くの人が心のなかにそうしたものを持っている。元日に多くの人が神社に参って平和な年であるように神に祈るが、私が走らないのはそれと同じで、祈り、だ。私は祈りとして走らないのだ。ぜんたい祈りを馬鹿にできる人がこの世にいるだろうか。いるわけがない。

このように考えて邦彦は苦しみと疑念と不便を乗り越えていた。

しかしそれでも残る漠然とした不安はあった。なにかと忙しい毎日で、それが邦彦の頭に明確な像を結ぶことはなかったが、例えば、あの喜劇のように、悪人に瑠佳が連れ去られそうになったとき自分はどうすればよいのか。普通なら走って追いかけ瑠佳を取り戻すだろう。でも私は走れない。そんなことをしたなら冥顕《みょうげん》の罰があたって、瑠佳は自分から離れていく。じゃあどうするのか。「待てー」と声を振り絞って叫び、歩いて追いかけるのか。やはり、あの喜劇のように。或いは、火事や地震が起こったときはどうするのだ。

そんな、どす黒い運河のような悲しみと不安が邦彦の心の奥底に横たわっていたのもまた事実であった。

どんな人もそんな不安を抱えながら日々を生きている。そしてその日々が過ぎていく。一週間が過ぎたとき、ついにそのとき、すなわち瑠佳と邦彦の心の底に蟠《わだかま》っていた不安が日常に立ち上がる瞬間が訪れた。

その日の午後、邦彦と瑠佳は犬を連れて部屋を出た。犬に適度の運動をさせると同時に件の洋菓子店に立ち寄ろうということになったのである。そしてそのとき邦彦は少々、慌てていた。というのは始めてしまった洗濯がなかなか終わらなかったり、いざ出ようとしたその瞬間に、瑠佳に電話がかかってきたり、マンションのエントランスまで降りた時点で財布を忘れてきたことに気がつくなどして、マンション前の歩道にようやっと出たときには二時を大きく過ぎてしまっていたのである。

邦彦は懊悩した。こんなことをしていたらロールケーキが売り切れてしまう。そうならないために早く出ようと思ったのだが遅くなってしまった。まア、走れば間に合うのだろうが。いっそのこと走るか？　馬鹿な。たかがロールケーキのためにそんな恐ろしいことはできない。じゃあ、競歩？　いや、私は競歩と競走の違いを知らない。自分では競歩のつもりが妻から見れば完全に走っている、ということにならないとは限らず、それはあまりにもリスクが大きすぎる。ならば。いまできることを最大限やるしかない。すなわちできる範囲で急ぐ、ということだ。と、邦彦がそう思ったとき、出し抜けに犬が用便を始めた。邦彦は思わず舌打ちをした。普段、ここではしないのに今日に限っていまするのかよ、と邦彦は愚痴をこぼしながらこれを処理せんと歩道に屈み込んだ。そのとき、そうして内心に不平を抱えながらやっているものだからつい手元が疎かになったのだろう、引き綱を握る邦彦の手の力が緩んだ。その瞬間、なにを思ったか犬が反対側の歩道の方へ走り出し、邦彦は、あっ、と叫んだがもう遅い。犬はあっという間に反対側の歩道に至り、そして邦彦たちが向かおうとしている方とは反対側の通行量の多い幹線道路の方角に向かって走り始めていた。

瑠佳が悲鳴を上げ、邦彦は大声で犬の名を呼んだ。犬は振り向きもしないで走っていった。そのとき邦彦はなにも考えなかった。祈りもしなかった。瞬間的に、犬の名を呼びながら走っていた。五分後、幹線道路ぞいのドーナツスタンドの看板の脇で匂いを嗅いでいた犬にようやっと追いついた邦彦は引き綱を摑むと同時にその場に倒れ込み、起き上がらなかった。何十年ぶりの、準備運動なしの全力疾走によって心臓が爆発していた。そのとき邦彦は、なるほど、瑠佳が自分から離れるのではなく、自分が死んで瑠佳から離れていくということなのだな、と思っていた。

一週間後の休日の午後。瑠佳が洗濯物を干していると、邦彦がマンション前の歩道を右に曲がってとぼとぼ歩いてくるのが見えた。あの日のことは有耶無耶にしていた。邦彦には、「私、気が動転してよく覚えていない」と言った。自分でも、そんな訳あるかい、と思いつつ。

洗濯物を干し終えた瑠佳はベッドルームに入っていき、普段、使わないものをしまってあるクローゼットの抽斗を開けて衣服を取り出して広げ、「まだ着られるかしら」と呟いた。瑠佳がかつて使っていたランニングウェアであった。「もしも、着られなかったらまた買いにいけばいいか。二度手間になるけど」と、また独り言を言って瑠佳はウェアをベッドの上に広げておいた。

玄関で犬が吠えた。邦彦が帰ってきた。瑠佳は、成長しなければ、と思いながら、おかえりなさい、と声を掛けて立ち上がった。

ベッドの上のウェアの傍らに、瑠佳のものよりひと回り大きな真新しいウェアが、並んで、あった。

誰にだって言いぶんはある

桜井鈴茂

桜井鈴茂（さくらい・すずも）
一九六八年、北海道生まれ。二〇〇二年『アレルヤ』で朝日新人文学賞を受賞。他の著書に『終わりまであとどれくらいだろう』『女たち』『冬の旅Wintertime Voyage』『どうしてこんなところに』『へんてこな この場所から』がある。自身も、定期的にハーフマラソンを走る市民ランナー。

誰も信じないけど、あんただって鼻で笑うだろうけど、昨今のランニング・ブーム？巷のマラソン熱？　どう呼ぼうとかまわないが、そいつに火をつけたのは、オレとオレの友人なんだ。

今からざっと十年前の初冬のことだ。オレは旧友と中目黒のこじゃれたダイニング・バーで飲んでいた。旧友の名前は……そうだな、木崎、としておこう。いま、飲んでいた、と言ったが、アルコールを飲んでいたのはオレだけで、木崎はチェリーコークだかヴァージンマリーだかを飲んでいた。早い話、木崎は下戸――モンゴロイドには5％ほど存在するらしい、アセトアルデヒドがまったく分解できない体質なわけ。けど、こいつとはたまに……まあ、少なくとも三月《みつき》に一度は飲む、というか飲み屋で話す。オレが酔ってくると木崎も酔ったような口ぶりや態度になるから、木崎が摂取しているのがじつはソフトドリンクであることをオレは忘れる。ひょっとしたら本人も忘れてるんじゃないか。しかし、そうは言ってもチェリーコークはチェリーコークだ。絡まった猿人の枝毛みたいなオレの話をさりげなく整理してくれたりしてオレは気分がいい。失言や過言の類いは風のごとくスルー。もしかしたらオレたちの友情が長続きしている理由はここらにあるのかもしれない。

その晩、途中までどんな話をしていたのかは覚えていない。まあ、前の週に見たファックな映画についてだとか最近ファックしちゃった女の話だとかどいつもこいつもファックユーだとか、およそそんなところじゃないか。記憶に残っているのは以下の部分。

ところで、とすでに酔っていたオレは言った。

「最近、ついてきちゃってよ」

「はあ？　ついてきた？　なんの話だ？」

「ここ」オレは自分の脇腹をセーターの上からつまんだ。「ここに、肉が、脂肪が」

「あ、そういう話ね。おれもだよ」木崎もまた自分の脇腹をシャツの上からつまんだ。

「おれらも中年期に突入したってことだよな。しゃあないね」

「おいおい、しゃあなくないぜ」

「おれは受け入れる」

「オレは受け入れたくない」

「じゃあ、やめたら？　酒を」

「えー、そういうことなんすか？」

「飲んで食って、最後に豚骨ラーメンってタイプだろ、おまえは」

「豚骨系はそれほど……つーか、木崎は酒飲まないじゃん」

「おれは三度の飯より間食が好きなんだ。たいやきに豆大福にあんドーナツに――」

「嗜好品を断つ以外に方法はないのか」

「そりゃいくらでもあるだろ」

「例えば？」

「摂取したカロリーを消費すればいいんだから」

「だから、例えば？」

「走る」

「お」

「長距離だぞ」

「楽勝じゃね？」

「おまえが走るんならおれも走ろうかな」

「ん？　受け入れるんじゃなかったのか？」

木崎はオレのつっこみを黙殺し、十年ほど前に会社の先輩に誘われて、しぶしぶ出場したというロードレースの話をし始めた。毎年五月に山中湖畔で催されている大会で、ハーフマラソンの部門と湖畔を一周する十三キロ強の部門がある、少しだけ練習して

──「それに、若かったし」と木崎──後者に出場した、思いのほかきつくて途中二度ほど足をとめてしまったが景観はすこぶる良く、ゴール後の気分は爽快だった、帰り道では来年も出よう、という話になって皆で盛り上がった、しかし翌年のエントリー期にはその先輩は会社を辞めており、しかも取引先と一悶着おこした上に上司を殴るという不埒な辞め方だったために彼を想起させる話題を持ち出すのは憚られ、それきり……あらかたそんな話だった。

「それだ！　それに出よう！」オレは声を張り上げた。酔っていたせいもちろんあるが、頭の中のトランスミッションが久々にトップに入った感じがした。コの字型カウンターでそれぞれに飲食していた他の客が一斉にこちらを見た。ビールサーバーに手をかけていた店主までもがこちらを見た。まあ、その中に、マガジンハウスの編集者と電通系イヴェント会社のプランナーと都庁のスポーツ振興課長と、自らの殻を破ろうとしていた丸の内のＯＬと予てからダイエット方法を模索していた四谷のＯＬと婚約を破棄されてやけを起こしていた恵比寿のＯＬがいたのだ……たぶん。

「よし！　決まった！」木崎も周囲から注視されているのがまんざらでもなかったのか、チェリー野郎のくせしてやけに昂奮した口調で言った。「さっそく今週末から走るぞ！」

「オレだって走るさ！」

週末──オレは走らなかった。翌週末も走らなかった。ほどなく忘年会シーズンがやってきた。会社勤めではないが、なんだかんだと飲みの誘いがあった。誘いがなければひとりで飲んだ。週の半分は深酒をした。二日酔いがオレの場合メンタリティにまざまざと現れる。そもそも仕事がうまくいってなかった。今さらこんなことを言うと後出しじゃんけんみたいだが、実は少し前から人間不信にも陥っていた。だからなおさら酒を欲した。飲んでは暴言を吐いた。何度かゲロも吐いた。憂鬱だから酒を飲んだのに翌日はひときわ憂鬱になった。そのひときわの憂鬱を払拭しようとさらに酒を飲んだ。半年近く断っていたタバコまで再び吸いはじめた。木崎との約束なんか忘れていた。いや、時々思い出したが、長距離を走るなんて、空を飛ぶようなものだった。世界を変えるとかそういうのに等しかった。つまり、ファンタジーだった。そうして年が明けた。元旦に木崎から年賀状が届いた。オレは年賀状を出す人間がわりに好きだ。「謹賀新年」とラメ入りのレインボーカラーで印刷してあった。干支のゴリラだかなんだかが白い歯を剝き出しにしてサムズアップしていた。その傍らに、極細の黒ペンで、涼しげに、取りようによっては嫌味ったらしく、書いてあった。「走ってるか?」そう一言だけ書いてあった。

奈緒子が走り始めたのは、夫が唐突にランニングを始めたからだった。勝手に走ればいいものを、夫ははかりごとでもあるかのごとく目を濁らせ「なあなあ、いっしょに走らね?」と誘ってきたのだ。なんだこいつ。奈緒子は夫に対して時々そう思うようにその時もそう思い、即答で拒んだのだが、膝の出たスウェットパンツに色褪せたラモーンズのプルオーバーを着て、冬の朝の光が差し込む居間でストレッチらしきことをしている夫を横目で見ていると、一度くらい付き合ってみてもいいような気がしてきた。どうせ一回きりだろう。そんな思いもあった。

正確な距離はわからないが夫が言うところの「三キロ」をどうにか走り切るだけで、息は上がり、心臓はバクバクし、足腰はぱんぱんに張り、こめかみはじんじんと疼いた。中高生の時に体育の持久走を憎んでいたことを久々に思い出した。なんとか口がきけるようになると夫に文句を言った。なんなの、これ! つらいだけじゃない!

なのに翌週末も走った。なんだこいつ。どうかしてる。そう思いながらもいっしょに走った。ざっとタイムを計測してみたところ、感覚的には歩くことの十倍はきついのに時間的には歩くことの半分にすらならないことに愕然とした。力が抜けた。けれども夫に文句を言うのはやめた。

さらにその翌週末も走った。なにやってるの私。相変わらずそんなふうに思いながらのランニングではあったが、見慣れた近所の風景がほんのちょっとだけ違って見えてきたことに驚いていた。シャワーで汗を流した後は走る前より活力が増しているような気がして不思議だった。汗といっしょに心の垢までもが流されたみたいだった。

ふた月目に入ったところで、ランニングシューズを買いに行った。それまでは普段使いのテニスシューズで走っていたのだ。イケメンの店員にいろいろと機能を説明されたけど、最終的には見た目で選んだ。ついでに上下揃いのジャージも買った。いつだったか雑誌でナオミ・ワッツが着ていたやつの色違いを。それらのせいもあってか、その翌週からは走る距離も「五キロ」に延びた。

「五キロ」走にも慣れてきた春先、ひょんなことから夫の不倫が発覚した。「もう終わったことだから」と夫は言って平謝りしたが、許せなかった。「何回したのよ?」と苦し紛れに訊くと「回数の問題じゃないだろ」と真顔で返された。その一抹のユーモアも優しさもない返答にも無性に腹が立った。腹が立ってそれまでは許容してきた他の欠点まで我慢ならなくなった。寝室をべつにした。離婚を考えるようになった。そんな折りに母親から電話がかかってきて膵臓に悪性腫瘍が見つかったと言われた。長くないわよ、覚悟しなさい。母親は無理に軽い調子でそう言い、言ったとたん泣き出した。父親は五年前に他界していた。姉は日系ブラジル人と結婚して二人の子どもを産んでフォス・ド・イグアスという街——つまり、地球の反対側——で暮らしている。もともと親戚付き合いはない。ひとりで生きていくことをはじめて真剣に考えた。想像はどんどん悪いほうに展開していって、しまいには身寄りもお金もなくひとり惨めに老いていく何十年か先の自分の姿が脳裏に浮かんだ。そういうことは他所《よそ》の人に起こることで自分の身には起こらないことだとどこかで思っていたかもしれない。根拠なんてどこにもないのにおめでたくもそう信じていたかもしれない。

奈緒子は走り続けた。週末だけではなく出勤前にも走るようになった。時には夜も走った。走らなければ頭が変になってしまいそうだった。自分を保つために走り続けた。あるいは自分をあらためるために走り続けた。祈るように走り続けた。

坂本さんがなんだかおかしなことになっている。急にランニングに目覚めて毎日走っているらしい。今日はランチの時にシホちゃんも走ってみれば？とか言ってきた。何かが拓けてくるかもよ？って。その言い草にむっときた。拓けてくるっていったい何が言いたいの？　あたしの人生がどん詰まりだって言いたいの？　三十三歳でいまだ親元で暮らしていてカレシは十一歳上の妻帯者で趣味はとくにないけどしいて挙げるならテレビドラマとネイルサロン通い……っていうのがどん詰まりなの？　そもそも走ることで拓けるとか拓けないとか、人生ってそんなに単純なものなの？　ていうか、そうやってすぐに人生に絡めるのやめて欲しいんですけど。ばっかみたい。勝手に走ってろババアってかんじ。

スタートの時を待ちながら、彼は今朝の起き抜けに頭の中に闖入してきた問いをあらためて考えていた。おれは何者なんだ？　どうしてそんなことを、まるで禅の問答のような、どう答えたところで完璧な答えにはなり得ないような、古代ギリシャの賢人たちが暇つぶしに応酬したかもしれないような問いを、よりによってこんな時に、初めてのハーフマラソンがスタートしようとしている時に、考えてしまうのか彼自身にもさっぱりわからない。今わかるのは、これもまた、昨年あたりから時おり自分のもとを往来する執拗な問いの一つのヴァージョンであり、靴の中に紛れ込んだ小石のようには頭の中から弾き出せそうにない、きっと走りながらも考えることになりそうだ、ということだけだ。おれは何者なんだ？　周囲にはたくさんの市民ランナーがひしめき、それぞれにスタートの時を待っていた。頭上で手を組んで伸びをする者、首や肩や足首をまわす者、ランニングウォッチやデジタルオーディオプレイヤーをいじっている者、気持ちを高めるかのごとくミルク色の空を見上げる者、はやる心を静めるかのごとく目を瞑る者、余裕なのか惰性なのか連れの者と談笑する者。数メートル前方には学生時代の友人とその妻の後ろ姿が見える。あいつら危機は脱したのか？　そこでふいに彼は右足の甲に違和感を覚える。きっとシューズの紐をきつく結びすぎたのだろう。しゃがんで靴紐をいったん解き、上から二番目と三番目の紐穴のところをわずかに緩めてから慎重に結び直す。立ち上がって軽く跳躍してみる。よし、これでいい。と、また思考が後戻りする。あなたは何者？——そう尋ねられたらおれはどう答える？「さあ、そろそろ三分前ですねー」「我々までドキドキしてきますねー」などとオリンピックにも出場した経歴を持つ元マラソンランナーと、テレビではあまり見かけなくなったテレビタレントが、彼の位置から五十メートルほど前方のスタートライン脇に設えられたスターター台の中で言い合っている。そのすぐ傍らでは、スターターピストルを手にした大会の実行委員長であるらしい自治体の長《おさ》が角張った顔に満面の笑みを浮かべている。おそらくおれは何者でもない。何者かになりたかったけれども何者でもない。彼はランニングパンツの後ろポケットからデジタルオーディオプレイヤーを取り出して、作動させてみる。オーケー、問題なし。「みなさん、用意はいいですか！」タレントの声が響き渡る。「おー」というような声がランナーの間からぱらぱらと上がる。「元気ないなあ」とタレント、「もう一度大きな声で。みなさーん、用意はいいですかー！」「おーっ‼」。彼はそんな掛け合いには与しない。ぶっちゃけ鬱陶しいと思う。志はあったんだ、と静かに考え続けている。計画だってあったんだ。臆病者でもなかったはずだ。しかし、はたと気づけば、挫折と失望の苦い味を知る……司会の二人に煽られるままにスタートへのカウントダウンが始まっている。今一度、彼は自分の目標を確認する。足を止めずに走り切ること。二時間を切ること。４、３、２……パン！　乾いたピストル音が鳴り響く。沿道からは歓声も上がる。もっとも、スタートを切ったのは最前列で、彼の位置ではすぐには走り出せない。ああ、言われなくてもわかってる。彼は歓声をかいくぐって自分の心の中の他者たちに言う。たかがハーフマラソン、しかも二時間以内だなんて、凡庸な中年男の凡庸な目標さ。プレイヤーの再生ボタンを押す。両耳に絆創膏で固定したイヤフォンから今日のレースのために作ったプレイリストの音楽が流れ出す。何者かになるつもりだった頃に繰り返し聴いていたアイ・ウォナ・ビー・アドアードが。そうしてプレイヤーをポケットに戻すと、彼はゆっくりと走り始めた。今のおれは何者だ？　凡庸な中年男である以外に？

もうダメ。もう限界……いいえ、限界じゃない。限界だって思いたいだけ。私の弱い心がそう思いたいだけ。肉体はもっと強い。現に今もこうして黙々と動いている。弱音を吐きたがる心のツマミを最小にしぼって。感傷も不要。必要なのは具体的な思考。マシーンを操るエンジニアのごとく。左、右、左、右、左。吐いて、吸って、吐いて、吸って。汚れた息を口から吐き出して、新鮮な空気を鼻から取り入れる、そんなイメージで。しっかり腕を振って。心もち胸を張って。重心をおへその辺りに保って。顎は少し落として。視線を10メートル先の路面へ。左、右、左、右、左。吐いて、吸って、吐いて、吸って。そう、その調子、その調子。もう少しいけそうでしょ？　いけるって。いけるはずだって。がんばれ、私。負けるな、私。私に負けるな、私。

うわ。いま追い抜いてったのって最初のほうで追い抜いたわりときれいな人だろ。くっそー。あんときは尻を眺める余裕もあったのになあ。尻をとくと眺めるために追い抜くのをわざと遅らせたほどなのになあ。いやまあ今も眺めてるけどさ。もう尻なんてどうでもいいし。苦しくてそれどころじゃないし。くっそー。負けてたまるか。いや負けたっていいよ。もともと何千人にも負けてるし。ワイフにすら負けてるし。いやいや勝つとか負けるとかじゃなくてさ。だったら何だよ？　何だろな。とにかくあの尻についてけ。尻なんかについてくな。どっちだよ？　よしついてくぞあの尻に。ついてけるところまでついてくぞあの尻に。いいねえ。いいよお。いい尻だよやっぱ。

「いったい何のために走ってるの？」

わたしは近所のダイニング・バーでシングルモルトを飲みつつ、先週末に視察を兼ねて走ってきたローマでのフルマラソンについてくどくどとしゃべっていた。最初はマスターや彼女自身もランナーである常連客のＯＬを相手に。しかし、当然ながらマスターはわたしの専属ではないし、ＯＬは明朝が早いらしく帰路についた。そうしていつしか隣の女が聞き手になっていた。初対面の女ではない。このバーで何度か顔を合わせたことがある。名前は……何と言ったか？　一度聞いたはずだが、失礼ながら忘れてしまった。歳はわたしの二つ三つ下だと思う。目鼻立ちは十人並みだが、手指がすらりと長く、爪の手入れをかなり念入りにしていることには、初対面の時に気づいた。いつだったか、妻子持ちの男との長年の恋愛沙汰についてマスターに漏らしていたのを小耳に挟んだ。まあ、とにかく、その女がずばり尋ねてきたのだ。

「何のために？」わたしはおうむ返しに言った。いくらかは自分に問うたのかもしれない。

「だって」と女は言う。「つらいんでしょ。つらいつらい、さっきからそんなことばっかり言ってる」

「ああ、つらいね。つらいよ、うん」

「だったら、やめればいいのに」

「いいや、やめない。やめられない」

「どうして？　メタボの予防とか？　老いることに抗いたい？」

「きっかけはその手のことだったかもしれない」

「今は違う？」

「少なくとも第一の理由じゃないな」

「己を高めるため……そんな柄じゃないよね？」

「なんだっていいじゃないか、理由なんて」

「気になるのよ。猫も杓子も走ってるし」

「猫も杓子もってのは大げさだな」

「あたしのまわりにもたくさんいる。げんなりするくらいたくさん」

「げんなりさせてるなら謝るよ」

「はあ?」

「実を言うと、巷のランニングブームには一枚嚙んでるんだ」

「あっそ」女は下水の臭いでも嗅いでしまったみたいに鼻をひん曲げ、眉間に皺を寄せた。「そういう戯れ言にもうんざり」

「いやいや、戯れ言じゃなくて」わたしは名刺を手渡そうと鞄の中を探ったが、こんな時に限って見つからない。

「知りたいのよ」女は語気を強めて言った。わたしの仕事内容にはたいして関心はないようだ。「どうして人は走るのか」

「人のことはともかく」わたしは真実を真実と認めてもらえない腹立たしさをぐっと押さえ込んで言った。「自分に関して言えば……一種の中毒なんだよ」

「つらいのに、中毒?」

「つらいけど、あとで快楽がやってくる。走り終わったあとに。つらければつらいほど、とっておきの快楽が。まるで神々に祝福されているような快楽が」

「噓。そんなの信じない」

そう言いつつも女の表情が変化しているのをわたしは見逃さなかった。「ははん」

「何？」

「走りたくなってきたんだろ？」

わたしは、女が何か言い返そうとするのを手で制して、初めて出場したロードレースについて語りはじめた。毎年十一月に那須高原で……。

或る帰省

東山彰良

東山彰良（ひがしやま・あきら）

一九六八年、台湾生まれ。二〇〇二年『タード・オン・ザ・ラン』で「このミステリーがすごい！」大賞銀賞・読者賞を受賞しデビュー。〇九年『路傍』で大藪春彦賞、一五年『流』で直木賞、一六年『罪の終わり』で中央公論文芸賞を受賞。他の著書に『ブラックライダー』『僕が殺した人と僕を殺した人』など。

東京大学の大学院へ留学して一年が経ったころ、三おばさんが膵臓癌を患ったという連絡があった。本郷では桜の花が散りはじめたころだった。

電話を取り次いでくれたのは、下宿屋の阿部《あべ》さんだった。オー、ノー、ノー、イングリッシュ、ノー、ええと、困ったなあ——苦戦する阿部さんにも台湾側のただならぬ気配だけはちゃんと伝わったようで、ぱたぱたと廊下を小走りに駆けてくると、ひどく深刻な面持ちでわたしの部屋をノックしたのだった。

「台湾からの電話みたいだけど、リンイルンって林《リン》くんのことだよね？」

わたしは万年筆を擱《お》き、推敲中の論文を残して文机を離れた。

電話のむこうの四おばさんは気丈にふるまっていたけれど、話しはじめてすぐ涙声になった。

「三おばさんは知らせるなって言ったんだけど、あんたは三おばさんといちばん仲がよかったから……ほんとうは去年の暮れにはわかってたの」

受話器を握りしめる手が汗ばむのがわかった。

「いまは……」わたしはやっとのことで声を絞り出した。「いまはどうしてるの？」

「一昨日の夜に熱を出してね、そのまま入院させたのよ。いまは二おばさんと小おばさんがついてる」

「意識は？」

「うん、それは大丈夫」

しかし一九七九年のあのころは携帯電話などまだ普及していなかったので、わたしとしては四おばさんの言葉の真偽をたしかめる術はなかった。

たったひとつの方法を除いて。

翌日、わたしは担当教授の田代《たしろ》先生に事情を説明し、福岡で開かれる国際経済学会での論文発表を辞退させてもらった。それならばと、田代先生は路銀まで用立ててくれた。貧乏学生ゆえ、むこう二年間は帰国の算段をつけていなかったので、これはほんとうにありがたかった。田代先生は一度台湾へ行ったことがあり、その折りに空港まで迎えの車を出してくれたのが三おばさんだったのだ。

その日のうちに、わたしは機上の人となった。

当時の台湾は、日本よりも経済的に二十年遅れていると言われていた。猥雑で活気に満ち、妊婦のようにボンネットを突き出した路線バスが黒煙を噴いて走りまわっていた。詐欺まがいのタクシーは鮫のように徘徊し、その間隙を衝いてオートバイがネズミのようにうろちょろしていた。そこかしこで人々が怒鳴り合っていた。歩道は犬の糞と、吐き散らされた檳榔《びんろう》の赤い噛み汁で足の踏み場もないほどだった。

着陸態勢に入った飛行機は青々とした水田の上をよぎり、夕陽に赤く染まったスモッグのドームを突き破って桃園《タオユエン》国際空港に降り立つ。長い長い税関の列をぬけたわたしはその足で高速バスに飛び乗り、天母《テイエンムウ》にある榮民總醫院へとむかった。

わたしがおばさんと呼んでいる人たちは、じつのところ、ほんとうの叔母ではない。つまり、血のつながりという意味で。わたしの祖父母とおばさんたちの両親は古い友人どうしにすぎず、大陸で共産党と戦って敗れ、一九四九年に蔣介石といっしょに台湾へと逃れ落ちてきた敗残兵たちなのだ。台北市の廣州街に落ち着いてからは、しょっちゅうおたがいの家を行き来して麻雀を打った。物心がついたとき、わたしはすでにふたつの電話番号を空で言えたが、そのうちのひとつはおばさんの家のものだった。おばさんたちの母親の張婆々《チャンばあさん》は、台湾に来た当初わたしの祖母は靴も履いていなかったと教えてくれた。わたしの祖母は、脚の悪い娘たちを立派に育てあげた張婆々は立派な人だと言っていた。苦労をともにしてきた両家なので、自他の分け隔てなどといった水くさいところはなにもない。子供のころ、わたしには家がふたつあったのである。

張家の五姉妹のうち、脚が悪いのは大おばさんと三おばさんと小おばさんの三人である。それは先天的なもので、父親である張公々《チャンじいさん》の悪い脚を受け継いだのだった。ひどいO脚で、しかも膝に異常があるので、ひょこひょことしか歩けない。彼女たちは何度も手術を受け、骨を削ったりもしたが、それは脚をまっすぐにするためではなく、痛みをやわらげるためだった。これに対して、二おばさんと四おばさんはじつに美しくてまっすぐな脚を授かったうえに容姿も見惚れてしまうほどで、言い寄ってくる男は後を絶たなかった。とくれば、五姉妹の感情的な相関図は明らかに思えるかもしれないが、そうではない。クリスチャンで口やかましい大おばさんは独立独歩で、みんなに煙たがられていたが、それは長女の宿命というものである。二おばさんの美しさときたら輝くばかりで、一家の星であるのは間違いないが、わたしの見るところ、妹たちからの受けはいまひとつだった。妹たち、すなわち三おばさん、四おばさん、小おばさんはまるでひとつの和音のように不可分でしっくりいっていた。おたがいを口汚く罵り合うときでさえ、まるでジプシーの楽団がドカドカ打ち鳴らすやかましい音楽のような楽しげな印象をあたえた。

彼女たちの真ん中にいたのは、いつでも三おばさんだった（生まれた順番という意味ではなく）。名前は張洛琳《チャンルオリン》、口が悪い五姉妹のなかでも頭ひとつ抜きん出ており、やることなすこと、そして姿形まで男そのものだった。三おばさんが女子トイレに入ると、三回に一回は男に間違われて悲鳴があがるというトラブルに見舞われた。機嫌がいいときは「わたしは女です」ですむけれど、そうじゃないときは相手とのっぴきならない口喧嘩にまで発展することもしばしばだった。早く死ぬためと嘯《うそぶ》いて一日に煙草を三箱も吸っていたので、歯にこびりついたヤニをとるためにクレンザーのような歯みがき粉を愛用していた。仕事は婦人服の配達で、洒落たブティックの洒落た女性の知り合いが多かった。わたしは何度も配達を手伝わされたことがあるのでよく知っているのだが、ブティックの女性たちは三おばさんがよたよたと店に入ってくると、とたんに男らしくふるまいだす。こんなオシャレなかっこうをしているのは商売のためで、ほんとうはうちらもぶりっ子するのに飽き飽きしているんだ、素は男なんだと三おばさんにわかってもらいたがっているみたいだった。三おばさんはまるでエロオヤジのような冗談を飛ばし（「今日のパンツの色をあててやろうか？」）、すっかり野蛮な男と化した売り子たちといっしょに乱雑な事務所で煙草を吸うのだった。

　ナースステーションで病室を教えてもらい、エレベーターで五階まで上がると、ちょうど給湯室から出てきた小おばさんと鉢合わせになった。小おばさんはわたしを見てとてもびっくりし、わざわざ日本から帰ってきてくれたのねと感激し、そしてやはり泣いた。

　わたしたちは白くて長くて死のにおいの立ちこめる廊下をとおって、三おばさんの病室に行った。三おばさんはベッドの上に半身を起こし、椅子に腰かけた張婆々となにか話しこんでいるところだった。

「だれが来たか見てみて」

明るく声をかける小おばさんの背後から、わたしはひょっこり顔を出してやった。三おばさんと張婆々がいっぺんに破顔し、わたしの名を呼び、手を取った。それから矢継早に質問を繰り出してきた。わざわざ帰ってきてくれたの？　だれが知らせたの？　いつ着いたの？　日本での生活はどう？　飛行機は揺れた？　空港から直接来たの？　博士論文は進んでる？

彼女たちの質問にひとつひとつ答えながら、わたしはこの帰国が失敗だったかもしれないとはじめて気づいた。書きかけの論文をうっちゃって、取るものもとりあえず飛行機に飛び乗り、空港に着いたその足で病院にむかったわたしの焦燥と浅はかさは、三おばさんに病状の重さを告知するようなものだった。

「そんな顔しないで」三おばさんが言った。「大丈夫、そう簡単に死にゃしないわよ」

わたしはうなずいた。

「膵臓なの」

「うん、四おばさんに聞いた」

「もうちょっと怖いかと思ったけど……」言葉を切り、にっこり微笑《わら》う。「さっさと死ぬのも悪くないわ」

その笑顔が、わたしの記憶の底から或る朝の風景をすくい上げる。それは朝靄のなかで、困ったように煙草をくゆらせる三おばさんの姿だった。

わたしが小学生のころ、外見には人一倍気を遣う四おばさんは数年に一度、発作的なダイエット熱に浮かされた。たいていはテレビや映画に出てくる女優たちの素晴らしいボディラインに感銘を受けての一念発起なのだが、まるで狙いすましたかのように、いつもわたしの夏休み中にこの発作は起こるのだった。思うに、ほんとうはもっと頻繁に発作に見舞われていたのだけれど、早朝ジョギングに付き合うような物好きはわたししかいないので、夏休みまでなあなあにしていたのだろう。なんの前触れもなく「明日の朝から植物園を三周まわるわ」と宣言し、わたしの都合などおかまいなしに六時に起こしに来いと命令する。わたしのほうはこのダイエットが三日以上つづくことはないと知っているので、それくらいならばと翌朝早起きをして四おばさんを誘いに行く。四おばさんは用意万端で準備運動などしながらわたしを待っているが、それも初日だけのことだ。四おばさんはトレーニングショーツからすらりとのびる脚を誇らしげに動かして、わたしたちはいい汗をかく。澄んだ空気、蓮池に咲き誇る睡蓮、きちんと整列をして太極拳に没頭する人たち、社交ダンスの音楽――わたしたちは見慣れた朝の風景のなかを颯爽と走りぬける。

ところが二日目になると、わたしは四おばさんを起こすために寝室にあがりこみ、ベッドの上でぴょんぴょん飛び跳ねなくてはならない。で、体が痛いだの、昨日は仕事が忙しかっただのとぶつくさ文句を言う四おばさんを植物園までひっぱっていき、本来三周まわるべきところを二周に負けてやってどうにか完走させる。で、三日目ともなると、四おばさんをベッドから引きずり出すために打楽器のようなものが必要となる。わたしは金盥《かなだらい》を四おばさんの耳元で乱打し、どうにか一周だけ走らせる。四おばさんはまるでわたしのせいでひどい目に遭ったと言わんばかりの不貞腐れた態度で走り終え、もし明日も起こしに来たらあんたをたたき殺してやるとえげつない脅しをかけてくる。かくして四おばさんのダイエットは、骨折り損のくたびれ儲けで幕を下ろすことになる。

一度だけ、三おばさんがわたしたちの早朝ジョギングに付き合ってくれたことがある。三おばさんは長年にわたって不規則な生活を規則正しくつづけていたので、朝の六時にパジャマ以外の服を着て目を開けていることなどまずありえないのだが、その日ばかりはそのありえないことが起こった。おそらく徹夜で麻雀かなにかして、帰宅したばかりだったのではないだろうか。

ともあれ、あの朝、三おばさんは朝靄のたちこめる植物園にひょこひょこくっついてきたのだった。三おばさんは脚が悪いので、もちろん走りはしない。しかし能弁家の彼女に知らないことなどあるはずもなく、すぐにコーチ気取りでわたしと四おばさんに檄《げき》を飛ばしはじめた。

「ほら、もっと手を大きくふる！　胸を張る！」

大王椰子の並木道や蓮池のぐるりをまわって帰ってくるたびに、石のベンチに腰かけた三おばさんは手をパンパンたたいてわたしたちに発破《はっぱ》をかけた。

「そんなに体を上下させない！　もっとスピードをあげて！」

三周走り終えるころには（ことによると二周、いや、一周だったかもしれない）、四おばさんは怒り心頭で、にべもない言葉を三おばさんに浴びせかけた。

「あー、もー、ごちゃごちゃうるさい！」口の悪さでは、四おばさんもかなりのものだ。

「そんなに言うならあんたが走ってみなさいよ！」

しまった、という表情が四おばさんの顔をよぎった。わたしはドギマギした。しかし三おばさんはただ困ったように微笑み、煙草に火をつけ、それからいつもの名調子で四おばさんの益体もないダイエットをけちょんけちょんにけなしたのだった。

病院からの帰り道に、ひさしぶりに植物園に寄ってみた。

蓮池に睡蓮が咲くのはもうすこし先で、朧月《おぼろづき》の照り映える水面は、そこが泥の池であることをしばし忘れさせてくれた。散歩をする人たち、東屋の欄干に腰かけて愛を語り合う若者たち、黙々と走りつづける人たち――夜空にそびえる大王椰子のシルエットを遠目に眺めながら、わたしはあの日のベンチを目指した。

石のベンチはまだそこにあり、人がすわっていた。

老夫婦がうちわを使って涼をとっている。ベンチのまえをとおり過ぎながら、わたしは三おばさんがついぞ成し遂げられなかったことについて思いをめぐらせた。恋愛や結婚。そして、書きかけの論文のことをすこし考えた。すると、自分が早くも三おばさんのいなくなった世界に順応しようとしていることに気づいて、悲しい気持ちになった。わたしたちの心は、いつでもわたしたちの体とはちがうところに在る。わたしの体はこの国の、この街の、この悲しみのただなかに在る。でも、わたしの心はすこしばかりまえを行っている。いま駆けだせば、先走った心を捕まえることができるのだろうか？ 心をねじ伏せ、頑丈な鎖で体につなぎとめ、ちゃんと躾《しつ》けることができるのだろうか？ それとも、これが生きていくということなのだろうか？

わたしはとぼとぼ歩いて両親の待つ家に帰った。まだ四月だというのに、忍冬《すいかずら》の香りは重苦しく、夜気は汗ばむほどだった。

帰省していた九日間、わたしは毎日三おばさんを見舞った。ほかのおばさんたちからは、そんなふうに毎日来なくてもいいのにと言われた。それでも、わたしは毎日決まった時間になるとバスに乗って病院へ出かけた。そうしなければ、心においてきぼりを食ってしまうような気がした。たったの九日間ではあったけれど、せめて台湾にいるあいだだけは、自分で決めた距離を止まらずに走りきりたかった。ゴールなどない。あるのはやれるだけのことはやったのだという言い訳がましい自己満足と、東京へ戻る飛行機の予定時刻だけだった。

わたしが病院に通いつめた日々、三おばさんの容態はずっと安定していた。このまま持ち直すのではないかとうっかり信じてしまうところだった。しかし、ほかのおばさんたちのやつれた顔を見ると、そうではないということを思い知らされた。大おばさんは三おばさんが怒りっぽくなったと愚痴り、二おばさんはいつも泣き腫らした目をしていた。だけど、わたしがいるあいだに三おばさんが癇癪を炸裂させたことは一度もない。日本での近況や、わたしが大学生のときにタイで荷物を根こそぎ盗まれ、おまけにトラックにぶつけられ、仕上げに宿が火事で燃えた一人旅のことを何度でも聞きたがった。そのたびにわたしは一から順を追って話したが、そのたびに三おばさんはおなじところで笑い、おなじところでほかのおばさんたちを焚きつけ、おなじ質問をしてくるのだった。相手はどんなやつだったの？　で、火事に遭ったホテルの従業員たちってどんな人たちだったの？　けっきょくどうやって帰ってきたんだっけ？

空港へ向かうまえに立ち寄ったとき、おばさんたちはわたしが生まれたときのことを話題にしておおいに盛り上がった。なかなか出てこないわたしは医者に吸引機で吸い出されたので、頭に大きなたんこぶをこさえて生まれてきたのだ。あんな不細工なガキは見たことがなかったわね、ベッドの上の三おばさんが吹き出しながらそう言うと、小おばさんが忌憚のないところを述べた。あたしたちみんな、こまっしゃくれたあんたのことが大嫌いだったのよ。すると四おばさんが、あんたはあたしたちが育てたようなもんなんだからね、と断固として言ってのけ、大おばさんと二おばさんが異口同音にわめいた。あんたが日本の大学で博士の勉強なんてねえ！

たぶん、わたしの存在がおばさんたちの避難所になっていた。わたしを生贄にしているかぎり、気まずい沈黙につけ入られることはない。だれも望まない未来をすこしだけ先延ばしにすることができた。しかし、わたしは東京へ戻らねばならなかった。

「ちゃんと勉強しなさいよ」三おばさんが言った。

「うん」

「でも、男はそれだけじゃだめ」

「わかってるよ」

「あんたにはずーっと言ってきたけど、こうと決めたらぜったいに最後までやり遂げなきゃつまんない。でも、心を乱さないかぎり――」

「『ちょっとくらい悪いことをしなさい』」わたしは彼女の台詞を横取りした。「だろ？」

三おばさんは満足そうにうなずき、ほら、やっぱりあたしの育て方は間違ってなかったでしょ、というふうに顎をしゃくった。

国際電話がかかってきたのは、それから半月ほど経った夜のことだった。いくぶん湿った夜風が、窓枠を物悲しくゆさぶっていた。

泣きじゃくる四おばさんの話によれば、三おばさんは、死にたくない、死にたくない、とうなされながら、最期に涙をひと筋だけ流したそうだ。そんな三おばさんの姿を想像するのはとてもむずかしかった。三おばさんのことだから、煙草を一服させてもらい、あばよと笑って逝くような気がしていた。とどのつまり、一九七九年のあのころは、大人と子供の見分けがまだちゃんとつく時代だったのだ。三おばさんは最後の最後まで、わたしに対して大人でありつづけた。

わたしはすこしだけ泣いた。涙がとめどなく溢れた、というほどではない。わたしにはやるべきことがあり、いつまでも子供でいるわけにはいかなかった。しかし、その夜は論文の推敲を切り上げて、早めに床についた。

なかなか寝つけなかったが、気がつくと夢のなかにいた。

わたしと四おばさんが朝靄の植物園をぐるぐる走りまわっていると、くわえ煙草の三おばさんがやいのやいの言ってくる。ほら、そんなに顎を突き出してたらすぐにバテちやうよ！ それに対して四おばさんが金切り声を張り上げる。そんなに言うならあんたが走ってみなさいよ！

するとおばさんはあのいつもの反抗的な態度で煙草をはじき飛ばし、なんの問題もない美しい脚で、わたしたちにお手本を示してくれるのだった。

初出誌「Number Do」

パン、買ってこい	vol.27（2016.11）
ベランダと道路	vol.18（2014.12）
ホープ・ソング	vol.25（2016.4）
熊の夜戦	vol.17（2014 Autumn）
桜の並木の満開の下	vol.20（2015.4）
いびきが月に届くまで	vol.24（2016.1）
藤村加奈芽のランニング・ストーリー	vol.13（2014 Winter）
走る男	vol.22（2015.8）
飛田姉妹の話	vol.14（2014 Spring）
リスタート	vol.21（2015.6）
小さな帝国	vol.23（2015.10）
ずぶ濡れの邦彦	vol.26（2016.7）
誰にだって言いぶんはある	vol.19（2015.2） 『へんてこな この場所から』 （2015年12月・文遊社刊）所収
或る帰省	vol.15（2014 Early Summer）

編集協力　　宮田文久
ＤＴＰ制作　萩原印刷

文春文庫

走《はし》る？

定価はカバーに表示してあります

2017年8月10日　第1刷

著　者　東山彰良《ひがしやまあきら》・中田永一《なかたえいいち》
柴崎友香《しばさきともか》ほか

発行者　飯窪成幸

発行所　株式会社 文藝春秋

東京都千代田区紀尾井町 3-23　〒102-8008
TEL 03・3265・1211
文藝春秋ホームページ　http://www.bunshun.co.jp

落丁、乱丁本は、お手数ですが小社製作部宛お送り下さい。送料小社負担でお取替致します。

印刷製本・凸版印刷

Printed in Japan
ISBN978-4-16-790912-3

（　）内は解説者。品切の節はご容赦下さい。

浅田次郎
月島慕情
過去を抱えた女が真実を知って選んだ道は。表題作の他、ワンマン社長と靴磨きの老人の生き様を描いた「シューシャインボーイ」など、市井に生きる人々の矜持を描く全七篇。（桜庭一樹）
あ-39-9

浅田次郎
沙髙樓綺譚
伝統を受け継ぐ名家、不動産王、世界的な映画監督。巨万の富と名誉を持つ者たちが今宵も集い、胸に秘めてきた驚愕の経験を語りあう。浅田次郎の本領発揮！　超贅沢な短編集。（百田尚樹）
あ-39-10

浅田次郎
草原からの使者
沙髙樓綺譚
総裁選の内幕、莫大な遺産を受け継いだ御曹司が体験するカジノの一夜、競馬場の老人が握る幾多の人生。富と権力を持つ人間たちの虚無と幸福を浅田次郎が自在に映し出す。（有川　浩）
あ-39-11

あさのあつこ
夢うつつ
ごく普通の日常生活の一場面を綴ったエッセイから一転、現実と空想が交錯する物語が展開される連作短篇集。時にざらりとした後味が残り、時にほろりとする、あさのあつこの意欲作。
あ-43-13

阿部智里
烏《からす》に単《ひとえ》は似合わない
八咫烏の一族が支配する世界「山内」。世継ぎの后選びを巡る有力貴族の姫君たちの争いに絡み様々な事件が……。史上最年少松本清張賞受賞作となった和製ファンタジー。（東　えりか）
あ-65-1

阿部智里
烏《からす》は主《あるじ》を選ばない
優秀な兄宮を退け日嗣の御子の座に就いた若宮に仕えることになった雪哉。だが周囲は敵だらけ、若宮の命を狙う輩も次々に現れる。彼らは朝廷権力闘争に勝てるのか？（大矢博子）
あ-65-2

伊集院　静
星月夜
東京湾で発見された若い女性と老人の遺体。事件の鍵を握るのは、老人の孫娘、黄金色の銅鐸、そして星月夜の哀しい記憶……。かくも美しく、せつない、感動の長編小説。（池上冬樹）
い-26-21

池上　司
ミッドウェイの刺客

日本海軍が大敗したミッドウェイ海戦で、大破した敵空母ヨークタウンをたった一隻で撃沈に向かった潜水艦「伊百六十八」。その戦いの全貌を迫真の筆致で描く戦記小説。（戸高一成）

い-45-2

池井戸　潤
オレたちバブル入行組

支店長命令で融資を実行した会社が倒産。社長は雲隠れ。上司は責任回避。四面楚歌のオレには債権回収あるのみ……。半沢直樹が活躍する痛快エンタテインメント第1弾！（新野剛志）

い-64-2

池井戸　潤
オレたち花のバブル組

あのバブル入行組が帰ってきた。巨額損失を出した老舗ホテル再建、金融庁の嫌みな相手との闘い。絶対に負けられない闘いの結末は？　大ヒット半沢直樹シリーズ第2弾！（村上貴史）

い-64-4

池井戸　潤
ロスジェネの逆襲

半沢直樹、出向！　子会社の証券会社で着手した買収案件が汚い手段で横取りされた。若き部下とともに半沢は反撃の策を練る。IT業界を舞台とする大人気シリーズ第3弾。（村上貴史）

い-64-7

池井戸　潤
シャイロックの子供たち

現金紛失事件の後、行員が失踪!?　上がらない成績、叩き上げの誇り、社内恋愛、家族への思い……事件の裏に透ける行員たちの葛藤。働くことの幸福と困難を描く傑作群像劇。（霜月　蒼）

い-64-3

池井戸　潤
かばん屋の相続

「妻の元カレ」「手形の行方」「芥のごとく」他。銀行に勤める男たちが、長いサラリーマン人生の中で出会う、さまざまな困難と悲哀。六つの短篇で綴る、文春文庫オリジナル作品。（村上貴史）

い-64-5

池井戸　潤
民王

夢かうつつか、新手のテロか？　総理とその息子に非常事態が発生！　漢字の読めない政治家、酔っぱらい大臣、バカ学生らが入り乱れる痛快政治エンタメ決定版。（村上貴史）

い-64-6

（　）内は解説者。品切の節はご容赦下さい。

井上荒野
ベッドの下のNADA
郊外の古いビルの地下で喫茶店NADAを営む夫と妻。結婚五年目を迎えたそれぞれの心の内を、子供時代の追憶を織り交ぜて浮び上がらせた、怖いまでに美しい物語。（鴻巣友季子）
い-67-4

伊坂幸太郎
死神の精度
俺が仕事をするといつも降るんだ――七日間の調査の後その人間の生死を決める死神たちは音楽を愛し大抵は死を選ぶ。クールでちょっとズレてる死神が見た六つの人生。（沼野充義）
い-70-1

五十嵐貴久
TVJ
お台場のテレビ局が何者かに占拠された。かつてない劇場型テロに警察は翻弄される。三十歳目前の経理部女子社員が人質となった恋人を救うため、一人で立ち向かう。（温水ゆかり）
い-71-1

五十嵐貴久
サウンド・オブ・サイレンス
聴覚障害のある同級生・春香らのダンスチームを手伝うことになった夏子。目指すはコンテストだが、周囲の大人の反対や恋のもつれで道は遠い!?　汗と涙の青春小説！（大矢博子）
い-71-2

乾　ルカ
ばくりや
あなたの「能力」を誰かの「能力」と交換しますという文句に導かれ、三波は「ばくりや」を訪ねたが――能力を交換した人々の悲喜劇を描く、奇想天外な連作短篇集。（桜木紫乃）
い-78-3

大沢在昌
ニッポン泥棒（上下）
青年は突然告げた。あなたは未来予測ソフト「ヒミコ」の解錠鍵〝アダム四号〟なのだ、と。リアルワールドとインターネットを股にかけた、かつてないサスペンスが幕を開ける！（熊谷直樹）
お-32-5

大沢在昌
魔女の笑窪
闇のコンサルタントとして裏社会を生きる女・水原。男を一瞬で見抜くその能力は、誰にも言えない壮絶な経験から得た代償だった。美しいヒロインが、迫りくる過去と戦う。（青木千恵）
お-32-7

大沢在昌

魔女の盟約

自らの過去である地獄島を破壊した「全てを見通す女」水原は、家族を殺された女捜査官・白理《バイリー》とともに帰国。自らをはめた「組織」への報復を計画する。『魔女の笑窪』続篇。（富坂　聰）

お-32-8

奥田英朗

イン・ザ・プール

プール依存症、陰茎強直症、妄想癖など、様々な病気で悩む患者が病院を訪れるも、精神科医・伊良部の暴走治療ぶりに呆れるばかり。こいつは名医か、ヤブ医者か？　シリーズ第一作。

お-38-1

奥田英朗

空中ブランコ

跳べなくなったサーカスの空中ブランコ乗り、尖端恐怖症で刃物が怖いやくざ……。おかしな症状に悩める人々を、トンデモ精神科医・伊良部一郎が救います！　爆笑必至の直木賞受賞作。

お-38-2

奥田英朗

無理　（上下）

壊れかけた地方都市・ゆめのに暮らす訳アリの五人。それぞれの人生がひょんなことから交錯し、猛スピードで崩壊してゆく様を描いた傑作群像劇。一気読み必至の話題作！

お-38-5

荻原　浩

幸せになる百通りの方法

自己啓発書を読み漁って空回る青年、オレオレ詐欺の片棒担ぎ、リストラを言い出せないベンチマン……今を懸命に生きる人々を描いたユーモラス&ビターな七つの短篇。（温水ゆかり）

お-56-3

大崎　梢

夏のくじら

大学進学で高知にやって来た篤史はよさこい祭りに誘われる。初恋の人を探すために参加するも、個性的なチームの面々や踊りの練習に戸惑うばかり。憧れの彼女はどこに!?（大森　望）

お-58-1

大崎　梢

プリティが多すぎる

文芸志望なのに少女ファッション誌に配属された南吉くんこと新見佳孝・26歳。くせ者揃いのスタッフや10代のモデル達のプロ精神に触れながら変わってゆくお仕事成長物語。（大矢博子）

お-58-2

（　）内は解説者。品切の節はご容赦下さい。

小野一起
マネー喰い
金融記者極秘ファイル

ネタ元との約束を守って「特落ち」に追い込まれたベテラン記者・山沢勇次郎。謎のリークが記者たちを翻弄する中、メガバンクの損失隠しをめぐる怒濤の闘いが始まった！　（佐藤　優）

お-66-1

角田光代
対岸の彼女

女社長の葵と、専業主婦の小夜子。二人の出会いと友情は、些細なことから亀裂を生じていくが……。孤独から希望へ、感動の傑作長篇。直木賞受賞作。　（森　絵都）

か-32-5

角田光代
ツリーハウス

じいさんが死んだ夏、孫の良嗣は自らのルーツを探るべく、祖父母が出会った満州へ旅に出る。昭和と平成の世相を背景に描く、一家三代のクロニクル。伊藤整文学賞受賞作。　（野崎　歓）

か-32-9

角田光代
かなたの子

生まれなかった子に名前などつけてはいけない——人々の間に昔から伝わる残酷で不気味な物語が形を変えて現代に甦る。時空を超え女たちを描く泉鏡花賞受賞の傑作短編集。（安藤礼二）

か-32-10

加納朋子
モノレールねこ

デブねこを介して始まった「タカキ」との文通。しかし、そのネコが車に轢かれ、交流は途絶えるが……表題作「モノレールねこ」ほか、普段は気づかない大切な人との絆を描く八篇。（吉田伸子）

か-33-3

加納朋子
少年少女飛行倶楽部

中学一年生の海月が入部した「飛行クラブ」。二年生の変人部長・神《じん》ことカミサマをはじめとするワケあり部員たちは果たして空に舞い上がれるのか？　空とぶ傑作青春小説！　（金原瑞人）

か-33-4

海堂　尊
ひかりの剣

覇者は外科の世界で大成するといわれる医学部剣道部の「医鷲旗」大会。そこで、東城大・速水と、帝華大・清川による伝説の闘いがあった。「チーム・バチスタ」シリーズの原点！　（國松孝次）

か-50-1

加藤実秋
風が吹けば
気がつくとそこはボンタン・ロンタイ、松田聖子にチェッカーズ、金八先生の世界だった。『インディゴの夜』の著者初の長編は、懐かしくて新しい、傑作タイムスリップ・ストーリー。
か-59-1

壁井ユカコ
サマーサイダー
廃校になった中学の最後の卒業生、幼なじみのミズ、誉、悠の間には誰にも言えない秘密があった。高校生になり互いへの気持ちに揺らぐ彼らを一年前の罪が追いつめてゆく——。（瀧井朝世）
か-66-1

北方謙三
杖下《じようか》に死す
剣豪・光武利之が、私塾を主宰する大塩平八郎の息子、格之助と出会ったとき、物語は動き始める。幕末前夜の商都・大坂を舞台に至高の剣と男の友情を描ききった歴史小説。（末國善己）
き-7-10

北村　薫
水に眠る
同僚への秘めた想い、途切れてしまった父娘の愛、義兄妹の許されぬ感情……。人の数だけ、愛はある。短篇ミステリの名手が挑む十篇の愛の物語。山口雅也ら十一人による豪華解説付き。
き-17-1

桐野夏生
グロテスク（上下）
あたしは仕事ができるだけじゃない。光り輝く夜のあたしを見てくれ——。名門女子高から一流企業に就職し、娼婦になった女の魂の彷徨。泉鏡花文学賞受賞の傑作長篇。（斎藤美奈子）
き-19-9

桐野夏生
メタボラ
記憶喪失の僕と、故郷を捨てたアキンツの逃避行。すべてを奪われた僕たちに安住の地はあるのだろうか——。底辺に生きる若者たちの生態を克明に描いた傑作ロードノベル。（小山太一）
き-19-14

桐野夏生
ポリティコン（上下）
東北の寒村に芸術家たちが創った理想郷「唯腕村《いわんむら》」。村の後継者となった高浪東一は、流れ者の少女マヤを愛し、憎み、運命を交錯させる。国家崩壊の予兆を描いた渾身の長篇。（原　武史）
き-19-16

（　）内は解説者。品切の節はご容赦下さい。

京極夏彦
定本　百鬼夜行―陽
『陰摩羅鬼の瑕』ほか、京極堂シリーズの名作を彩った男たち、女たち。彼らの過去と因縁を「妖しのもの」として物語る悲しく恐ろしいスピンオフ・ストーリーズ第二弾。初の文庫化。
き-39-1

京極夏彦
定本　百鬼夜行―陰
人にとり憑く妄執、あるはずもない記憶、疑心暗鬼、得体の知れぬ闇。それが妖怪となって現れる。『姑獲鳥の夏』ほか名作の陰にあった物語たちを収める。百鬼夜行シリーズ初の短編集。
き-39-2

熊谷達也
邂逅《かいこう》の森
秋田の貧しい小作農・富治は、先祖代々受け継がれてきたマタギとなり、山と狩猟への魅力にとりつかれていく。直木賞、山本周五郎賞を史上初めてダブル受賞した感動巨篇！　（田辺聖子）
く-29-1

宮藤官九郎
きみは白鳥の死体を踏んだことがあるか（下駄で）
冬の白鳥だけが名物の東北の町で男子高に通う「僕」。ある日、ローカル番組で「おもしろ素人さん」を募集しているのを見つけた僕は、親友たちの名前を勝手に書いて応募し……。（石田衣良）
く-34-3

久保寺健彦
オープン・セサミ
いいオトナになっても、人生は初めてのことだらけ。そしてそこには新たな可能性だってあるかもしれない。そんな〝初体験〟に右往左往する男女をキュートに描く短編集。（北上次郎）
く-35-1

玄侑宗久
龍の棲む家
父が呆けたと兄から知らされ、実家へ戻ってきた幹夫は、介護のプロ・佳代子と出会い、父に寄り添うようになる。無限の自由と人の絆を、美しい町を舞台に描く心温まる物語。（湯本香樹実）
け-4-5

幸田真音
バイアウト
企業買収
ファンド業界の風雲児、相馬が仕掛ける壮絶な企業買収。外資系証券で働く美潮はこのディールに加担することで何を得、何を失うのか。小泉改革の是非を問う倉都康行氏との対談を併録。
こ-25-5

笹本稜平
還るべき場所
世界2位の高峰K2で恋人を亡くした山岳家は、この山にツアーガイドとして還ってきた。立ちはだかる雪山の脅威と登山家たちのエゴ。故・児玉清絶賛の傑作山岳小説。（宇田川拓也）
さ-41-3

笹本稜平
春を背負って
先端技術者としての仕事に挫折した長嶺亨は、山小屋を営む父の訃報に接し、脱サラをして後を継ぐことを決意する。山を訪れる人々が抱える人生の傷と再生を描く感動の山岳短編小説集。
さ-41-4

佐々木　譲
ユニット
十七歳の少年に妻を殺された男。夫の家庭内暴力に苦しみ、家出した女。同じ職場で働くことになった二人に、魔の手が伸びる。少年犯罪と復讐権、家族のあり方を問う長篇。（西上心太）
さ-43-1

佐々木　譲
鉄騎兵、跳んだ
モトクロスに人生の全てを賭ける貞二は、結果が出ず、また、若い天才の出現に焦りを覚える。オール讀物新人賞受賞の表題作をはじめ、著者の原点である初期短篇五篇を収録。（池上冬樹）
さ-43-2

佐々木　譲
ワシントン封印工作
昭和十六年、日米開戦とともに消えた一人の大使館員がいた。和平交渉の裏側で進展する諜報活動と各国の思惑、彼らの恋愛模様を描く第二次大戦三部作に連なる長篇小説。（青木千恵）
さ-43-3

坂木　司
ワーキング・ホリデー
突然現れた小学生の息子と夏休みの間、同居することになった元ヤンでホストの大和。宅配便配達員に転身するも、謎とトラブルの連続で!?　ぎこちない父子の交流を爽やかに描く。
さ-49-1

坂木　司
ウィンター・ホリデー
冬休みに再び期間限定の大和と進の親子生活が始まるが、クリスマス、正月、バレンタインとイベント続きのこの季節はトラブルも続出……。大人気「ホリデー」シリーズ第二弾。（吉田伸子）
さ-49-2